Verdammte Welt

Das Böse sollte nur in Geschichten wohnen und nicht in unseren Herzen.

Norbert Böseler

Verdammte Welt

Böse Geschichten

*Bibliografische Information der Deutschen Nationalbibliothek:
Die Deutsche Nationalbibliothek verzeichnet diese Publikation in der Deutschen Nationalbibliografie; detaillierte bibliografische Daten sind im Internet über http://dnb.dnb.de abrufbar.*

Impressum

*© 2016 Text: Norbert Böseler
© Illustration: Cover – minicel73 – Fotolia.com*

Herstellung und Verlag: BoD – Books on Demand, Norderstedt

ISBN: 978-3-7412-7194-6

Inhalt

7
Das schwarze Monster

19
Navi - Signale des Bösen

66
Die dritte Kerze

85
Im Schatten der Feder: Teil 1 - Reue

131
Inkers Ink

144
Im Schatten der Feder: Teil 2 - Der Dämon

Das schwarze Monster

Das schwarze Monster verfolgte ihn. Die Wächter der Anstalt hatten es geweckt, um Tim zurückzuholen. Noch befand es sich ein gutes Stück entfernt von Tim, aber das Wesen aus der Finsternis näherte sich rasend schnell.

Die Nacht war wolkenverhangen und dichte Nebelschwaden hingen tief über den Boden. Wasserlachen auf dem Waldweg erschwerten das Laufen und Tim übersprang die meisten dieser Pfützen, soweit er dazu noch in der Lage war. Er lief so schnell er konnte, aber das schwarze Monster holte weiter auf, rückte Tim immer dichter auf die Fersen. Er sah das helle Leuchten des Monsters immer näher kommen. Das Licht der furchterregenden Augen durchschnitt die graue Wand des Nebels und schien unheimlich in die Dunkelheit des Waldes hinein. Auch die wütenden Geräusche des schwarzen Monsters wurden lauter. Es knurrte ihn an und ein kalter Schauer lief Tim über den Rücken. Er versuchte noch schneller zu laufen, sah dunkle Bäume an sich vorbeihuschen und hörte aufgeschreckte Vögel davonfliegen. Seine Füße wurden durchnässt, doch das war ihm egal, er musste weiter, weg von dieser Bestie. Tim rannte um sein Leben.

Die brutalen Wächter hatten das bösartige Monstrum auf Tim gehetzt, nachdem er aus der Anstalt des Leidens geflohen war. Er hatte die sich ihm bietende

Gelegenheit genutzt und die Flucht ergriffen. Hätte Tim es nicht getan, wäre er an diesem entsetzlichen Ort zugrunde gegangen. Die bösen Wächter hätten ihn wahrscheinlich zu Tode getreten, oder aber die weißen Gestalten hätten ihn vergiftet.

Die Wächter waren es auch gewesen, die ihn vor langer Zeit entführt hatten. Nach einem bedeutungslosen Streit war Tim von Zuhause ausgerissen. Tim hatte sich noch nicht weit von dem heimischen Grundstück entfernt, als er seinen unüberlegten Entschluss bereits wieder bereute. Er wollte gerade reumütig umkehren, als die zwei Wächter kamen und ihn überwältigten. Sie stülpten Tim einen Sack über den Kopf und dann ging alles blitzschnell. Sie ließen ihm keine Möglichkeit sich zu wehren. Er wurde eingepfercht und verschleppt - seinen Liebsten entrissen.

Später sperrten sie Tim in ein dunkles Verlies ohne Tageslicht. Eine Neonröhre erhellte den fensterlosen Raum mit einem kalten violetten Licht. Er war von nacktem Beton umgeben. Tim setzte sich in eine Ecke des Raumes und starrte auf die Metalltür, die im oberen Drittel vergittert war. Er bibberte vor Kälte und zitterte vor Angst. Tim hoffte, hinter dem Türgitter würde einer seiner Liebsten erscheinen, ihn aus dem Loch herausholen und fest in die Arme schließen. Wie konnte er nur so dumm gewesen sein und wegen einer Bedeutungslosigkeit davonrennen? Wie sollte seine

Familie ihn hier jemals finden? Er schämte sich, durfte die Hoffnung jedoch nicht aufgeben.

Manchmal beobachtete er durch das Gitter, wie einer der Wächter über den Gang auf und ab ging. Einmal sah er durch das Metallgestänge in Tims Zelle und grinste ihn verachtend an. Tim vernahm den Geräuschen des Ganges nach, dass er nicht alleine war. Es mussten sich noch weitere Opfer in der Anstalt befinden. Klagende Laute drangen bis in seine karge Unterkunft vor. Die Stimmen verstummten nicht, sie bohrten sich kreischend in Tims Ohren. Er versuchte sie zu ignorieren, dabei wurde er müde, sehr müde. Viele Stunden später schlief er ein.

Am nächsten Tag hörte er erneut Schreie, Schreie des Schmerzes, gefolgt von einem leidvollen Wimmern. Kurze Zeit später sah Tim die weißen Gestalten über den Flur gehen. Das Wimmern mutierte zum Flehen, dann, wie von Geisterhand, herrschte eine beängstigende Stille über den unheilbringenden Ort.

Tim bekam zwei Tage nichts zu essen und trinken. Hunger, vereint mit Durst, schwächte seinen Körper. Er verlor jegliches Zeitgefühl, wusste nicht, ob es Tag oder Nacht war. In seinem Verlies stank es nach Extremente und Urin, da er seine Notdurft auf den Boden verrichten musste. Niemand kam, um den Raum zu säubern. Unmengen an Fliegen verirrten sich durch die Gitterstäbe in das Verlies und labten sich an seinen Fäkalien. Die aggressiven Insekten fielen auch über Tim her und quälten ihn mit stechenden Bissen.

Er hatte die Klappe im unteren Türbereich noch nicht bemerkt, erst als sie plötzlich aufschlug und Essen in sein ödes Loch geschoben wurde. Gierig verschlang Tim die köstliche Mahlzeit. Zudem bekam er Wasser, um den Durst zu löschen. Anschließend fühlte Tim sich gut und schöpfte neue Hoffnung.

Tim schlief viel. Er gewöhnte sich langsam an die schrecklichen Geräusche des Ganges. Wie lange sie ihn wieder hungern ließen, konnte er nicht einschätzen. Die Zeit verschwamm zu einer endlosen Schleife. Ihm kam es ewig lange vor, bis sich die Klappe wieder öffnete. Abermals verschlang er seine Nahrung in Windeseile. Diesmal fühlte er sich danach nicht gut, im Gegenteil, er ermüdete, seine Sinne wurden schläfrig und sein Blick trübte sich. Das graue Loch begann um ihn herum zu schwanken. Tim legte sich wankend auf den Boden, weil die Beine unter seinem Gewicht nachließen. Er wurde auf unerklärliche Weise sehr träge. Schemenhaft bekam er mit, wie die Tür geöffnet wurde und sich jemand näherte. Ein Wächter trat ihn mit dem Fuß gegen den Bauch, dann ein zweites Mal. Er holte einen Stock hervor und drückte damit auf Tims Brustkorb. Trotz seiner Benommenheit konnte er den kribbelnden Schmerz spüren. Der Wächter erhöhte den Druck, solange bis Tim anfing zu schreien. Zuckende Schläge durchfuhren seinen geschundenen Körper. Dann ließ der Peiniger zufrieden von ihm ab und entfernte sich aus der trostlosen Zelle.

Wenig später traten die weißen Gestalten ein. Tim lag wie leblos auf den feuchten Boden. Er versuchte sich aufzurappeln, doch seine Beine gehorchten nicht mehr. Die zwei gespenstisch anmutenden Wesen konnte er schleierhaft erkennen. Sie waren ganz in Weiß gekleidet, selbst ihre Füße steckten in weißen Stiefeln. Einer der beiden Gestalten drehte Tims wehrlosen Körper auf die Seite. Der Zweite zog einen spitzen Gegenstand aus der Tasche. Dann vernahm Tim mit Schrecken, wie man ihm mit einer Spritze in den Hals stach. Er spürte den Druck, als das Gift in seinen Körper gedrückt wurde.

Irgendwann, nach einer Zeit wie in einem dunklen Traum, kehrte Tims Bewusstsein zurück. Er fühlte sich schlecht. Übelkeit ließ ihn erbrechen. Nachdem er sich seiner Last entledigt hatte, verbesserte sich sein Zustand. Man gab ihm fortan regelmäßig Nahrung, damit er wieder zu Kräften kam. Später ließen sie ihn wieder hungern.

Obwohl Tim bewusst war, dass der anschließenden Mahlzeit wieder ein Betäubungsmittel untergemischt war, aß er. Er musste es tun, wenn er nicht verhungern wollte. Ohne mit der Wimper zu zucken, würden die Wächter ihn elendig verrecken lassen, dessen war er sich sicher. Er musste teilnahmslos hinnehmen, wie die weißen Gestalten während seiner Benommenheit das giftige Serum in seinen Körper spritzten.

Die Intervalle dieser qualvollen Prozedur wurden immer kürzer. Tim verlor viele Haare und einige Zähne. Sein Geschmacks - und Geruchssinn verminderten sich merklich. Die einst strahlenden Augen lagen trübe in tiefen Höhlen, die Lider schwollen an. Vor allem aber verließ Tim die Hoffnung, die Hoffnung, die vertrauten Gesichter seiner Liebsten jemals wiederzusehen.

Es kam der Tag, an dem die Betäubung so stark war, dass es um Tim herum völlig dunkel wurde. Anfänglich nahm er noch wahr, wie er aus dem Loch transportiert wurde. In einem anderen Raum legte man ihn unsanft auf einen glänzenden Tisch. Er merkte noch, wie helles Licht entfacht wurde. Die Fratze einer weißen Gestalt schob sich vor das blendende Licht. Das Gesicht war bis auf die blutrotunterlaufenen Augen vermummt. Sie blickten Tim in freudiger Erwartung an. Dieser Blick war das Letzte, was Tim sah, dann verfinsterten sich seine Sinne ins Nichts.

Als er aus der Narkose aufwachte, lag er wieder in seinem Loch. Man hatte es zwischenzeitlich gesäubert. Tim verspürte brennende Schmerzen am Bauch. Dann sah er den langen Wulst an seinem Bauch und die blauen Fäden, mit denen die Wunde zugenäht worden war. Tim bemerkte eine Veränderung im Inneren seines Körpers. Er konnte nicht beurteilen, ob sie etwas entnommen, oder eingepflanzt hatten. Er würde darauf auch niemals eine Antwort erhalten. Sie ließen ihn einfach mit seinen Schmerzen alleine. Tim litt im Stillen.

Er brauchte lange, um sich von dem Eingriff zu erholen. Während dieser Zeit wurde er des Öfteren von den weißen Gestalten untersucht. In einer Art von Trance erlebte er mit, wie sie ihn auf den glänzenden

Tisch legten und dann an Maschinen mit vielen Kabeln anschlossen. Dünne Schläuche wurden in Tims Körperöffnungen geführt, die wie Schlangen durch seine Innereien schlängelten. Hilflos musste er sich seinen Peinigern unterwerfen und das Leid über sich ergehen lassen.

Nachdem er wieder auf den Beinen war, pumpten sie weiter Gift in seinen ausgemergelten Körper. Tim litt sowohl körperliche als auch seelische Qualen. Angst war sein einziger Begleiter, sie ließ ihn nie zur Ruhe kommen. Je länger er sich in der Anstalt befand, desto mehr mutierte er zu einem niedergeschlagenen Wrack.

Eines Tages unterlief den Wächtern ein verhängnisvoller Fehler. Das Mittel, welches seine Sinne betäuben sollte, wirkte nicht. Vielleicht hatten sie auch vergessen es beizumischen. Tims Herz raste. Sollte er es wagen? Er musste.

Tim verhielt sich ganz ruhig, er wollte so wirken wie immer. Die erbarmungslosen Wächter durften keinen Verdacht schöpfen wenn sein Plan gelingen sollte. Nach dem Essen legte er sich hin, schloss die Augenlider, und stellte sich schlafend. Die Tür wurde geöffnet. Ein Wächter kam herein und trat wie üblich gegen Tims Bauch. Er unterdrückte den Schmerz, schnaufte nur kurz auf. Der brutale Eindringling zog seinen Stock aus dem Schaft. Er wollte gerade zustoßen, als Tim all seinen Mut zusammenriss und nach dem Elektroschocker griff. Er riss dem Wächter das Folterinstrument aus der Hand und schleuderte es in die hintere Ecke. Es kam zu einem ungleichen Kampf. Der kräftige Wächter packte Tim um den Hals und drückte zu. Tim blieb die Luft weg, aber er wehrte sich. Obwohl er geschwächt war, mobilisierte er ungeahnte Kräfte, seine innere Wut kehrte neues Selbstbewusstsein nach außen. Er stemmte sich gegen den bulligen Wächter, drückte ihn in die Ecke, und verletzte ihn am Bein. Sein Peiniger schrie vor Schmerzen auf, wobei er von Tim abließ. Der löste sich aus den Pranken seines Widersachers. Tim schnappte keuchend nach Luft, eilte dann zur offenen Tür.

Er blickte in den Gang, zuerst nach links, dann nach rechts. Niemand befand sich derzeit auf dem düsteren Korridor. Tim entschied sich für die rechte Seite, weil er glaubte, dort einen Ausgang erkennen zu können.

Der lange Flur wurde beidseitig von vergitterten Türen flankiert. Tim hörte verängstigte Rufe durch die Gitter, hinter denen vermutlich weitere Leidensgenossen eingesperrt waren. Tim blieb keine Zeit, er konnte nicht helfen, da der verletzte Wächter sich aufrappelte, um nach ihm zu greifen. Tim stürmte auf den Gang. Er rannte, rannte nach rechts. Hinter sich vernahm er die Schreie des Wächters, der unter Schmerzen nach Hilfe rief. Ein zweiter Wächter tauchte hinten links im Flur auf. Er sah seinen blutenden Kollegen und entdeckte dann den fliehenden Gefangenen. Laut brüllend nahm er die Verfolgung auf.

Schmerz, Hass, Wut, Angst, erzeugten ein unheimliches Klangbild, welches von den weiß gefliesten Wänden des Ganges reflektiert wurde. Eine der hinteren Leuchtstoffröhren flackerte und untermauerte mit ihrem unrhythmischen Lichterspiel die ohnehin schon düstere Atmosphäre. Als sie wieder aufblitzte, sah Tim erleichtert, dass sich am Ende tatsächlich ein Ausgang befand. Er bündelte all die ihm verbliebene Kraft, spannte seinen Körper, und sprang in vollem Lauf gegen das Türblatt. Seit unendlich langer Zeit hatte Tim wieder ein Glücksgefühl, als die Tür seiner Wucht nachgab und aufflog. Draußen war es kalt und dunkel. Ein Hauch von Freiheit umgab ihn.

Tim hielt für einen kurzen Moment inne. Er sah sich um. Trotz der Dunkelheit erkannte er einen hohen Zaun, der das Gelände umgab. Er bewegte sich auf den Zaun zu, als er bemerkte, wie auch der zweite Wächter nach draußen gelaufen kam. Tim sprintete am Drahtgeflecht der Begrenzung entlang. Wieder hatte er unglaubliches Glück, da vor ihm ein offenes Tor den hohen Gitterzaun unterbrach. Tim konnte ungehindert das Grundstück der Anstalt verlassen. Fast euphorisch überquerte er die angrenzende Straße. Er lief ein Stück weit nach links. Abseits der Anstalt wurde die Umgebung zunehmend ländlicher. Tim blickte nach hinten. Der Wächter war nirgends zu sehen. Erleichtert verlangsamte Tim seine Schritte. Die Anstrengung hatte ihm den Atem geraubt. Er verschnaufte kurz und rang nach Luft.

Auf der rechten Seite zweigte ein Feldweg von der Straße ab. Tim bog auf diesen Weg ein und folgte der eingefahrenen Spur. Nach etwa hundert Meter führte der Sandweg in einen Wald. Tim ging weiter in den dunklen Wald hinein. Der dichte Baumbestand bot ihm Schutz. Tim war überzeugt, dass er es geschafft hatte. Er hatte sich endlich aus den Fängen des Bösen befreit. In ihm keimte neue Hoffnung auf. Er glaubte fest daran, dass er bald wieder in die Gesichter seiner Liebsten blicken konnte.

Sich in Sicherheit wiegend, hörte er plötzlich ein fürchterliches Geräusch, dann sah er sie, die Lichter des wütenden Monsters.

Das gleißende Licht hatte Tim in Windeseile erreicht und erhellte den Waldweg vor ihm. Das dumpfe böse Brummen dröhnte bedrohlich in seinen Ohren. Er sah sich einmal um, damit er wenigsten erahnen konnte, wie nahe das Monster schon war. Er blickte in das grell erleuchtete Antlitz der Bestie. Er wurde geblendet, seine Netzhaut schien zu zerreißen, dennoch sah er in den weit geöffneten Schlund der Kreatur. Silberne Zähne schimmerten ihm entgegen und zwei riesige Stoßzähne, die rechts und links vom Maul des Monsters hervorprangten. Tim konnte nicht schneller laufen. Seine Beine schmerzten bereits, vor allem die Hinterbeine. Die Zunge hing ihm weit aus dem Hals. Sabber tropfte zu Boden. Das schwarze Monster hatte ihn fast eingeholt und wollte mit seinen gewaltigen Zähnen zuschnappen, als rechts ein kleiner Weg abzweigte.

Tim schlug einen scharfen Haken zur Seite und lief in den schmalen Weg hinein. Das schwarze Monster heulte wütend auf. Der Schein des Lichtes flammte plötzlich feuerrot auf. Es schien Feuer zu spucken, denn nach einem dumpfen Grollen stieg Rauch auf und verdunkelte die rote Glut. Das schnaufende Monstrum machte kehrt, um weiter Jagd auf Tim zu machen. Auf dem kleinen Weg wuchs in der Mitte hohes Gras und streifte Tims Bauch, als er darüber hinweglief. Er hoffte, dass der schmale Pfad zu eng für das dunkle Monster war, aber als er sich erneut umsah, befand es sich bereits auf dem Weg und verfolgte Tim.

Er war fast am Limit seiner Kräfte angelangt, als der Wald endete und Tim auf eine Wiese kam. Langes nasses Gras erschwerte seine Flucht zunehmend und er musste teilweise springen, um voranzukommen. Dichter Nebel erstreckte sich über der Wiese, sodass Tim kaum noch etwas sehen konnte. Er wurde gleich vom Gras durchnässt und eisige Kälte fraß sich in seinen ausgelaugten Körper. Die vergangenen Strapazen in der Anstalt forderten ihren Tribut. Tim war am Ende, seine Beine gehorchten ihm nicht mehr. Nur Todesangst trieb ihn noch voran. Auch das schwarze Monster hatte nun die Wiese erreicht und folgte ihm mit bösartigen Lauten.

Den Stacheldrahtzaun sah Tim zu spät vor sich auftauchen. Er konnte nicht mehr vorher stoppen und sprang verzweifelt zwischen den unteren und mittleren Draht hindurch. Stechender Schmerz durchfuhr seinen ermatteten Körper. Der Draht schlitzte ihm den Rücken auf und auch sein vorderer linker Fuß schmerzte nach der Landung pochend. Beim Sprung durch den scharfen Draht platzte die Narbe an seinem Bauch auf. Blut spritze auf das grüne Gras und vermischte sich mit dem feuchten Abendtau. Tim achtete nicht auf die Schmerzen, er kämpfte sich unter Qualen auf drei Beinen weiter vorwärts.

Ein zerreißendes Geräusch erschallte auf der nebelverhangenen Wiese, als das schwarze Monster durch den Zaun preschte. Es war jetzt ganz dicht hinter Tim. Er konnte die Wärme, die aus dem gierigen Maul strömte, deutlich spüren. Völlig entkräftet hatte Tim keine Chance mehr zu entkommen. Der rechte Stoßzahn des Monsters stieß ihn um, woraufhin Tim auf die Seite ins nasse Gras fiel. Im Angesicht des Todes jaulte der Labrador ein letztes Mal auf. Ein heftiger kurzer Schmerz durchfuhr Tim, als die Räder des schwarzen Geländewagens ihn überrollten und seinen Körper zermalmten.

Der verstümmelte Leichnam des Hundes wurde in Folie gewickelt und wie ein Stück Müll auf die Ladefläche des Fahrzeuges geworfen. Der schwarze Geländewagen wendete auf der Wiese und fuhr zurück zum Versuchslabor.

Am Steuer saß ein Monster.

Navi - Signale des Bösen

Die Tiere des Waldes witterten das Unheil, lange bevor sich dunkle Wolken am Horizont auftürmten. Vögel suchten Schutz im Geäst dicht bewachsener Laubbäume, Füchse fanden Unterschlupf in ihren Höhlen tief unter der Erde und das Damwild verschwand im Dickicht des Unterholzes. Sich in Sicherheit wiegend, warteten sie auf den Zorn des Himmels.

***

Vincent verfügte nicht über das Frühwarnsystem der Wildtiere. Er hatte zwar durch eine Wetter-App erfahren, dass am späten Abend schwere Gewitter aufziehen sollten, jedoch änderte das Smartphone die Prognosen fast stündlich. Vor dem Wetterumschwung müsste er längst mit Alina in einem noblen Restaurant sitzen, wo er schon vor Wochen einen Tisch reserviert hatte. Nach einem ganz besonderen Abendessen, würde er ihr einen Heiratsantrag machen. Doch zuvor wollte er mit seiner Freundin ins Grüne fahren, dafür hatte er eine weitere Überraschung vorbereitet. Der Tagesablauf war bis ins kleinste Detail durchgeplant und nichts konnte ihn von seinem Vorhaben abhalten, schon gar nicht eine unzuverlässige App. Bislang hatten sie während ihres Urlaubs nur schönes Wetter gehabt, so auch heute. Vincent setzte seine Sonnenbrille auf und blickte in einen strahlend blauen Himmel. Alina war im Hotel geblieben, um zu duschen. Unter dem Vorwand,

Zigaretten holen zu wollen, machte Vincent sich auf den Weg zur Autovermietung, wo er heimlich für zwei Tage ein Auto angemietet hatte. Der rote Sportwagen glitzerte mit offenem Verdeck in der Sonne. Alle Formalitäten hatte Vincent bereits im Vorfeld erledigt. Er brauchte nur noch die Schlüssel entgegenzunehmen, und fuhr dann mit der Nobelkarosse zum Parkplatz des Hotels. Wenige Minuten später stellte er das edle Gefährt ab und eilte durch die Hotellobby nach oben.

Alina erwartete ihn bereits am reichlich gedeckten Frühstückstisch. Sie trug ein beigefarbenes Sommerkleid und sah wunderschön aus. Ihr langes blondes Haar bedeckte die gebräunten Schultern. Leuchtend blaue Augen sahen Vincent verliebt an. Eine Liebe, die nun schon seit fünf Jahren währte wie am ersten Tag. Alina verkörperte all das, was Vincent sich von seiner Lebensgefährtin erträumt hatte. Sie war die Traumfrau für ihn, mit ihr möchte er sein Leben teilen. Jetzt, da beide die Dreißig mittlerweile überschritten hatten, wollte er ihrer Beziehung die Krone aufsetzen.

„Der Zimmerservice hat es heute aber gut gemeint, Schatz", sagte Alina und begrüßte Vincent mit einem liebevollen Kuss. Sie deutete auf einen vollgefüllten Bastkorb, der noch auf dem Servierwagen stand. Am Rand ragte der Hals einer Champagnerflasche heraus, umgarnt von dekorativ positionierten Obst.

„Ich habe heute eine Überraschung für dich geplant, einen Ausflug zur Oase der Liebe. In dem Picknickkorb ist unser Reiseproviant, denn Liebe geht bekanntlich durch den Magen", erklärte Vincent freudig lächelnd.

„Ich liebe deine Überraschungen, Vincent. Wann geht´s los und wo ist diese Oase der Liebe?"

„Streng geheim! Ich packe noch ein paar Sachen zusammen, dann kann es losgehen."

Als die beiden abreisebereit waren, gingen sie nach unten zum Parkplatz. Alinas Augen weiteten sich, als Vincent verkündete, mit welchem Wagen sie fahren würden.

„Du bist verrückt, Schatz."

„Gefällt er dir? Ich habe das Schmuckstück für zwei Tage gemietet."

„Das Auto ist der Hammer", erwiderte Alina freudestrahlend.

Vincent öffnete die Beifahrertür und bat sie einzusteigen. Er holte sein Navigationsgerät aus dem Rucksack und verstaute ihn dann zusammen mit dem Picknickkorb und einer Decke auf die Rückbank, die mehr als Ablage diente, als dass sie für weitere Fahrgäste Platz bot. Vincent gab eine Adresse in das Navi ein und fixierte es anschließend an der Windschutzscheibe. Schnell hatte das Gerät ihren Standort gefunden und berechnete die Route.

„Dann auf zur Oase der Liebe", sagte Vincent und startete den Motor.

„Biegen Sie rechts ab!", forderte eine freundliche Frauenstimme und navigierte die beiden auf eine Reise, die zur Oase des Bösen führen sollte.

Der Wind spielte mit ihren Haaren, was Vincents Kurzhaarfrisur weniger ausmachte als Alinas langer blonder Mähne, die wild durcheinandergewirbelt wurde. Sie genossen die Fahrt bei Sonnenschein mit offenem Verdeck. Gut ausgebaute Landstraßen schlängelten sich durch die imposante Natur. Sie durchfuhren mehrere kleine Orte mit vielen Fachwerkhäusern. Die ländliche Idylle und der Fahrtwind vermittelten ein Gefühl von unendlicher Freiheit, die sie als Stadtmenschen so nicht gewohnt waren. Nach vielen Kilometern meldete sich die nette Dame wieder, und bat Vincent links abzubiegen. Sie kamen auf eine etwas schmalere Straße, die nun stetig bergauf führte. Viele Bäume säumten die Strecke. Je weiter sie fuhren, umso mehr nahm der Baumbestand zu. Der Zustand der Straße wurde jedoch zusehends schlechter, ein Schlagloch reihte sich an das andere. Vincent drosselte die Geschwindigkeit und umfuhr einige Krater, die den Asphalt zerbröselt hatten. Sie gelangten an eine Kreuzung, als die Dame aus dem Navigationsgerät vermeldete, dass sie ihr Ziel erreicht hätten. Vor ihnen erstreckte sich ein riesiges Waldgebiet. Vincent bog links ab, wo sich nach wenigen Metern ein Parkplatz befand. Dort hielt er an und löste das Navi von der Windschutzscheibe. Er öffnete eine Karte mit Forst – und Wanderwegen, die er Tage zuvor abgespeichert hatte. Es öffnete sich ein Wirrwarr aus schwarzen Linien auf grünem Hintergrund. Rechts oben prangte ein kleiner blauer Punkt, auf diesen tippte Vincent und ließ eine neue Route berechnen. Einige der feinen Linien verfärbten sich rot. Denen musste er folgen, um ans Ziel zu gelangen. Er hatte im Internet recherchiert, dass man den See mit dem Auto gut erreichen konnte. Sicherlich wäre ein Geländewagen sinnvoller gewesen, doch er hatte sich für die romantischere Variante, dem Cabriolet entschieden. Da es in den letzten Tagen nicht geregnet hatte, sollte die Strecke für den Sportwagen kein Problem darstellen.

„Was hast du vor, Vincent?", fragte Alina, die in den letzten Minuten sehr schweigsam gewesen war. Sie schien ein wenig aufgeregt zu sein, was Vincent wiederum amüsierte. Das machte die Sache noch spannender.

„Wir besuchen die Oase der Liebe, so wie ich es dir versprochen habe. Dafür müssen wir noch ein Stück weit tiefer in den Wald fahren. Du wirst sehen, auch wenn wir jetzt ein wenig durchgeschüttelt werden, es wird sich auf jeden Fall lohnen", erklärte Vincent, der die Ruhe selbst zu sein schien.

Er heftete das Navi wieder an die Scheibe und setzte die Reise fort. Ab jetzt schwieg die freundliche Frauenstimme.

***

Ihr Instinkt hatte sie vor etwas Schlimmen gewarnt. Es kam schneller als erwartet. Viele der Waldbewohner hatten inzwischen einen sicheren Unterschlupf gefunden. Da sie spürten, dass Ungewöhnliches auf sie zukommen würde, verteidigten sie ihren Zufluchtsort mit allen Mitteln. Eindringlinge wurden mit schierer Gewalt vertrieben. Panik machte sich breit. Vor allem Tiere, die noch keinen Schutz vor dem herannahenden

Unheil gefunden hatten, verhielten sich zusehends aggressiver.

***

Die Straße vor ihnen war noch einige hundert Meter asphaltiert, dann ging der Belag in geschreddertes Gestein über. Die Schotterfüllung verebbte nach wenigen Kurven, danach führte ein einfacher Sandweg weiter in den Wald hinein. Vincent zählte die schwarzen Linien, die nach rechts führten. An der zweiten Abzweigung fiel Alina eine hohe schlanke Birke auf. Die Zweige des imposanten Baumes bildeten mit den sattgrünen Blättern ein Herz, welches mitten über dem Weg hing. *„Wie romantisch",* dachte sie. Vincent hatte nicht die Muse die wunderschöne Umgebung zu betrachten, er konzentrierte sich nur auf die Strecke vor ihnen. Laut Karte musste er bei dem sechsten Waldweg abbiegen. Dieser erwies sich anfangs als gut befahrbar, doch die Spurrillen, die wohl von schweren Forstfahrzeugen in den Boden gefräst worden waren, wurden immer tiefer. Vincent fuhr möglichst weit links damit er auf den mittleren Wulst blieb. Gottseidank war der Wagen nicht tiefergelegt und hatte genügend Bodenfreiraum. Wieder merkte sich Vincent die Anzahl der Wege, ehe er erneut rechts abbog. Das folgende Stück Strecke konnte er normal in der Spur fahren. Soweit schienen die Waldarbeiter in letzter Zeit nicht vorgedrungen zu sein. Der prachtvolle Mischwald bestand überwiegend aus dicht bewachsenen Laubbäumen wie Eichen und Buchen, nur vereinzelte Tannenhölzer wuchsen an lichten Plätzen.

„Wie weit ist es noch, Schatz?", wollte Alina wissen.

„Wir müssen noch zweimal die Richtung wechseln, ich denke in zehn Minuten sind wir da."

„Ich finde es ist ungewöhnlich still hier. Wir befinden uns mitten im Wald und ich habe noch keinen Vogel zwitschern gehört", bemerkte Alina beiläufig.

Dies war Vincent bislang nicht aufgefallen, da er seine ganze Aufmerksamkeit dem Fahren widmete, aber Alina hatte Recht, zu hören war nur der Motor des Wagens. Er wollte gerade antworten, als die nächste Wegkreuzung vor ihnen auftauchte, wo er sich links halten musste. Ab der Stelle stieg das Gelände merklich an. Vincent drückte aufs Gas und der PS-starke Sportwagen erklomm mühelos den Anstieg. Nach einem letzten Richtungswechsel erreichten sie eine Lichtung.

„Wir sind da mein Schatz", verkündete Vincent, dem nun doch einige Schweißperlen auf der Stirn standen. Er lenkte das Auto auf die grünbewachsene Ebene. Als das Gelände leicht abschüssig wurde, stellte er den Motor ab und stieg aus. Alina gesellte sich zu Vincent und gab ihm einen sanften Kuss auf die Wange.

„Es ist wunderschön hier", meinte sie und untermauerte ihre Aussage mit einem weiteren Kuss.

Sie standen auf einer Anhöhe und hatten einen fantastischen Ausblick. Vor ihnen entfaltete sich ein malerisches Panorama aus prächtigen Baumwipfeln in allen möglichen Grüntönen. Der ungewöhnlich dunkelblaue Himmel bot einen stimmungsvollen Kontrast und rundete das Bild, das sich ihnen bot, perfekt ab. Links fiel der Hang steil ab, rechts von der

Lichtung standen höhere Büsche. Sie glichen einem grünen Vorhang, der auf der anderen Seite etwas zu verbergen schien. Dorthin führte Vincent Alina und durchschritt mit ihr in gebückter Haltung den Vorhang.

„Liebling, das ist die Oase der Liebe!"

Alina staunte, ihre Augen wurden riesengroß und funkelten voller Freude. Direkt vor ihnen lag ein kleiner See, umgeben von einem grünen Band aus Schilf, Gras und kleinen Bäumen. Der See war nicht groß, vielleicht zwanzig mal dreißig Meter, doch das Wasser hatte eine kristallklare, türkisblaue Oberfläche, in der sich die einfallende Sonne spiegelte.

„Du hattest Recht, die Fahrt hat sich wahrlich gelohnt, es ist wunderschön hier", jubelte Alina und überschüttete Vincent mit weiteren Küssen.

Er löste sich nur ungern von dem Kussgewitter und holte die Sachen aus dem Auto. Sie breiteten die Decke auf dem Gras aus und machten es sich gemütlich. Vincent öffnete den Champagner, dabei schoss die Hälfte des edlen Getränks in einer hohen Fontäne aus der Flasche. Beide lachten. Dem Schampus, schien die unruhige Fahrt am wenigsten bekommen zu sein. Nachdem sie sich über den Picknickkorb hergemacht hatten, schlug Vincent vor, ins Wasser zu gehen. Alina sträubte sich zunächst dagegen, doch dann fügte sie sich der Überredungskunst ihres Freundes. Sie zogen sich aus und gingen zum Seeufer. Am Rand lagen größere Felsbrocken, die es zu überwinden galt. Vincent machte den Anfang. Vorsichtig setzte er einen Fuß vor dem anderen. Das Wasser war erstaunlicherweise nicht besonders kalt. Als Vincent keine weiteren Steine mehr wahrnahm, stürzte er sich in das erfrischende Nass. Alina folgte ihm anfangs zögerlich, erst als Vincent ihr Mut zusprach, tauchte sie in das klare Gewässer ein. Beide schwammen aufeinander zu und umarmten sich freudestrahlend. Alleine und nackt in einem idyllisch gelegenen See, genossen die beiden den Moment von purer Freiheit. Sie alberten ausgelassen im Wasser herum, ließen ihrer Freude freien Lauf. Als sie zum anderen Ufer schwimmen wollten, zwickte etwas an Alinas Beinen. Sie drehte sich zu Vincent um, doch der war verschwunden.

„Lass das Vincent, du tust mir weh!", schnaufte sie leicht außer Puste.

Nach ihren Worten tauchte Vincent an der anderen Uferseite wieder auf, doch unter dem Wasser wurde sie nach wie vor attackiert. Verstört sah Alina zu ihrem Freund und begann hysterisch mit den Beinen zu strampeln, doch der Angreifer ließ sich nicht abwimmeln. Voller Panik rief sie nach Vincent, der binnen Sekunden bei ihr war. Tatsächlich konnte er einen größeren Fisch erkennen, der sich an Alinas Waden zu schaffen machte. Er trat solange mit dem Fuß nach ihm, bis er die Flucht ergriff. Eilig schwammen die beiden zum Ufer zurück und kletterten über die Steine an Land. Schwer atmend legten sie sich auf die Decke. Nachdem Alina sich wieder einigermaßen beruhigt hatte, untersuchte sie ihre Beine.

Auf der rechten Wade befand sich ein roter, kreisrunder Fleck.

„Was war das, Vincent?"

„Ich glaube, es war eine harmlose Forelle, die nur ihren Laichplatz verteidigen wollte", antwortete Vincent und betrachtete den roten Fleck auf Alinas Wade. „Sieht aus wie ein Knutschfleck. Soll ich dir mal einen richtigen Knutschfleck machen?"

„Ich bitte darum", meinte Alina, die ihr Lächeln wiedergefunden hatte und deutete auf die Stelle, wo sie ihn gerne hätte. Vincents Lippen fuhren über ihre sanfte Haut, näherten sich systematisch dem Zielort und liebkosten den erregenden Bereich zärtlich. Dann wanderten sie zu Alinas Mund, wo sie von ihren Lippen bereits sehnsüchtig erwartet wurden. Während er sie hingebungsvoll küsste, verschmolzen ihre begehrenden Körper miteinander. Beide schwammen auf einer Welle der Lust, die kurz vor dem Höhepunkt in Ektase zu brechen drohte.

Nach dem Liebesakt ließen sie sich treiben, jeder für sich schwelgte in Gedanken und träumte von einer gemeinsamen Zukunft. Beide ahnten nicht, dass sie bereits beobachtet wurden.

***

Das Böse schwebte in der erdrückenden Luft über die Waldbewohner wie ein gestaltloser Geist. Sie konnten sich der grauenhaften Aura nicht entziehen. Die unsichtbaren Strahlen aus dem Firmament vernebelten ihre Sinne und navigierten sie auf die

Frequenz des Zorns. Bereit, die Signale des Teufels zu empfangen, kauerten die Tiere in ihren Verstecken.

***

Erste Regentropfen weckten Vincent aus seiner Fantasiewelt. Seicht fielen sie auf seine Haut und vermischten sich mit Schweiß, der aus seinen Poren drang. Die drückend warme Luft stand förmlich über dem See. Die Sonne war zwischenzeitlich dunklen Wolken gewichen. In der Ferne vernahm er ein dumpfes Grollen. Er rüttelte an Alinas Schulte, die ihn daraufhin verschlafen ansah.

„Oh, ich bin wohl eingeschlafen. Wie spät ist es?"

Vincent sah auf die Uhr, wobei er feststellen musste, dass sie nicht mehr ging.

„Ich weiß nicht, meine Uhr ist stehengeblieben."

Er suchte im Rucksack nach seinem Handy. Nachdem er es gefunden hatte, ließ es sich nicht aktivieren.

„Mein Handy funktioniert auch nicht mehr, wahrscheinlich ist der Akku leer. Wir sollten unsere Sachen zusammenpacken und von hier verschwinden", schlug Vincent vor und deutete auf die Wolken, die wie eine dunkle Wand immer näher rückten. „Da zieht ein übles Gewitter auf."

Alina, die bereits ihr Kleid anzog, nickte zustimmend. Auch Vincent zog hastig seine Sachen an. Die beiden rollten gerade die Decke zusammen, als der Himmel seine Schleusen vollends öffnete und dicke Tropfen in Strömen auf sie niederprasseln ließ. Eine erste heftige Windbö zerrte an den Blättern der Bäume.

Nachdem sie alles verstaut hatten, rannten beide los. Vincent erreichte als Erster die Lichtung, musste aber nochmal umkehren, da Alina sich mit der Decke im Geäst verheddert hatte. Er drückte einen sperrigen Strauch beiseite und nahm ihr die widerspenstige Decke ab. Auf der freien Ebene peitschte ihnen der kräftige Wind den Regen ins Gesicht. Wie stumpfe Nadelstiche prallte er von der Haut ab. Die Gewitterfront überdeckte bereits einen Großteil des Waldes und schob sich weiter auf die Lichtung zu. Erste Blitze zuckten aus der dunklen Wolkendecke, das Grollen wurde lauter. Pitschnass erreichten sie den Wagen und warfen ihre Utensilien auf die Rückbank. Der Innenraum des Cabriolets war bereits völlig durchnässt. Nachdem sie eingestiegen waren, stellte Vincent die Zündung an, dann suchte er nach dem Knopf für das Verdeck. Er befand sich an der Mittelkonsole, doch als Vincent ihn betätigte tat sich nichts. Fluchend stieg er wieder aus, um das Verdeck von Hand zu schließen, was sich als unmögliches Unterfangen herausstellte. Er setzte sich wieder ins Auto, wischte mit der Hand sein Gesicht einigermaßen trocken und drehte den Zündschlüssel. Es klickte einmal, doch der Motor sprang nicht an. Vincent versuchte es erneut, wieder und wieder, aber der Motor blieb stumm. Alina sah ihn verzweifelt an.

„Wir müssen schieben! Geh du nach hinten, ich schiebe vorne und versuche den Wagen auf den Weg zu lenken".

Beide stemmten sich mit aller Kraft gegen das Fahrzeug, das sich dann tatsächlich fortbewegte. Alina rutschte einmal auf dem nassen Gras aus, woraufhin sie den Schwung verloren und von neuem beginnen mussten. Als sie den Sportwagen wieder ins Rollen gebracht hatten, erreichten sie relativ leicht den Weg. Vincent lenkte ihn in die Richtung, aus der sie auch gekommen waren. Ab diesem Standpunkt wies das Gelände erfreulicherweise eine abschüssige Neigung auf. Vincent zog die Handbremse an, dann verschnauften sie kurz. Erst jetzt bemerkten die beiden, dass es aufgehört hatte zu regnen. Der Wind jedoch nahm nach wie vor zu. Ein Blitz schoss knapp hinter dem Hang aus dem grauen Himmel und erlosch in den Baumwipfeln. Der darauffolgende Donner ließ sie zusammenzucken. Das Unwetter war nun direkt über ihnen.

„Es ist besser wenn wir uns jetzt beeilen, Alina. Setz du dich ans Steuer, ich versuche zu schieben. Leg den zweiten Gang ein und wenn ich rufe, lässt du die Kupplung kommen und gibst Gas, okay!"

Alina hatte verstanden, nickte und setzte sich ans Lenkrad. Auf Vincents Kommando legte sie den zweiten Gang ein und löste die Handbremse. Vincent platzierte beide Hände auf die Heckklappe und drückte sich mit den Beinen ab. Der Boden war durch den ergiebigen Niederschlag aufgeweicht worden und mit Pfützen übersäht. Zunächst rutschte er mit den Füßen weg, doch als der Wagen langsam ins Rollen kam, gab er ihm den nötigen Schwung. Vincents Schritte wurden immer schneller, als er genug Tempo aufgenommen hatte rief er: "Jetzt!"

Der Wagen machte einen kurzen Ruck als die Kupplung packte, dann heulte der Motor auf. Als Alina Gas gab, verlor Vincent den Halt und fiel bäuchlings in eine matschige Pfütze. Im Dreck liegend, sah er wie die Bremslichter des roten Cabriolets aufleuchteten. Erleichtert wollte er gerade aufstehen, als er hinter sich ein knurrendes Geräusch vernahm, dass nicht vom Gewitter stammen konnte. Vincent drehte sich um und blickte in das drohende Antlitz eines Fuchses. Der Fuchs fletschte die Zähne, dabei tropfte Sabber aus seinem Maul. Ehe Vincent sich erheben konnte, stürmte das Tier auf ihn zu. Der Rotfuchs sprang ihn an und vergrub seine spitzen Zähne in Vincents Oberschenkel. Der stechende Schmerz ließ ihn aufschreien, doch der Schrei ging in einen weiteren Donnerschlag unter. Das bösartige Tier schüttelte wütend mit dem Kopf, wollte ein Stück Fleisch aus dem Oberschenkel herauszureißen. Vincent wälzte sich am Boden und jaulte vor Schmerzen, dabei drang sandiger Matsch in seinen Mund. Er spuckte es aus und versuchte nach dem Tier zu schlagen. Seine Fäuste prasselten auf den hartnäckigen Angreifer ein, doch der Fuchs ließ nicht von ihm ab, er hatte sich an dem Bein festgebissen. Blut rann aus der Wunde und lief über die Schnauze des Fuchses, der trotz des festen Bisses weiterhin bösartige Laute von sich gab. Vincent rollte sich auf die andere Seite, dabei konnte er aus den Augenwinkeln erkennen, wie Alina auf ihn zugerannt kam. Nach einer weiteren Drehung, bekam Vincent den Hals seines Widersachers zu fassen. Mit beiden Händen drückte er so fest wie er konnte zu. Das Tier schlug mit den Hinterläufen in seinen Bauch, doch Vincent lockerte den Griff nicht. Er würgte dem Tier solange die Luft ab, bis es keinen Widerstand mehr leistete. Der Fuchs begann am ganzen Leib zu zittern, er röchelte vergebens nach Luft, dann erschlaffte sein Körper, nur der Kiefer blieb starr und quetschte die Zähne weiterhin in Vincents Oberschenkel. Vincent sah Alina mit weit aufgerissenen Augen neben sich stehen. Schockiert starrte sie auf den toten Fuchs, der an dem Bein ihres Freundes hing. Vincent versuchte das verkrampfte Maul des Tieres zu öffnen, dabei verletzte er sich an der Hand.

„Du musst mir helfen, Alina!", stöhnte Vincent unter Schmerzen. „Wir müssen das Maul öffnen, ich schaffe das nicht alleine. Lauf zum Auto, im Kofferraum müsste Werkzeug liegen. Beeil dich bitte!"

Wenige Sekunden später kam Alina mit einem Kunststoffbeutel zurück. Sie öffnete ihn und ließ den Inhalt auf den Boden fallen.

„Nimm den kleinen Ringschlüssel und schieb ihn vorsichtig durch das Maul!"

Mit unruhigen Händen führte sie den Schlüssel durch die nur einen spaltweit geöffnete Schnauze des leblosen Tieres. Einmal blieb sie an den Zähnen hängen, doch das schmale Werkzeug passte so gerade eben hindurch. Als sie fertig war, nahm Vincent einen Schraubenzieher und schob ihn über den Unterkiefer.

„Du musst nun beide Enden des Ringschlüssels nehmen und behutsam nach oben ziehen. Ich halte den Unterkiefer fest. Bist du bereit?"

Alina hatte verstanden und hebelte den Oberkiefer nach oben, Vincent drückte entgegengesetzt nach unten. Langsam lösten sich die Zähne aus seinem Fleisch. Sie zogen solange an dem Maul des Fuchses, bis der Kiefer mit einem knirschenden Laut brach. Als das geschah, stöhnte Vincent noch einmal schmerzverzerrt auf. Blut quoll aus der klaffenden Bisswunde. Völlig ausgepumpt und am ganzen Leib zitternd robbte er zur Seite und ließ sich erschöpft ins nasse Gras fallen.

Nachdem Vincent sich einigermaßen von dem Schock erholt hatte, stützte er sich bei Alina ab und humpelte mit ihr zum Auto. Der laufende Motor war bei dem Sturm kaum zu hören. Er zog seine kurze Jeanshose herunter und betrachtete die Fleischwunde. Sie war nicht besonders groß, doch die Zähne hatten sich tief in den Muskel gegraben. Die Blutung hatte etwas nachgelassen. Alina holte eine Flasche Mineralwasser aus dem Picknickkorb und reinigte die Stelle behutsam. Dann umwickelte sie die Wunde mit einer Mullbinde aus dem Verbandskasten. Immer wieder erschreckte sie sich vor den lauten Donnerschlägen, die durch den Wald hallten. Die Bäume neigten sich unter den starken Sturmböen bedenklich weit zur Seite. Manchmal, wenn ein Stamm der Belastung nicht standhielt und brach, konnte man es in der Ferne krachen hören. Am Horizont spannte die untergehende Sonne einen roten Bogen durch das dunkle Grau. Direkt über ihnen war der Himmel schwarz und voller Feuer. Wie eine bedrohliche Hand, aus der unentwegt Blitze hervorstießen, lag das Gewitter über dem Wald und schien dort zu verharren.

„Lass uns abhauen!", brüllte Vincent gegen das Getöse an und setzte sich ans Steuer.

„Kannst du mit dem Bein fahren?" fragte Alina besorgt nachdem sie auf dem Beifahrersitz platzgenommen hatte.

„Bis zur Landstraße wird es schon gehen, ab da kannst du gerne übernehmen!"

Da es beinahe stockfinster war, schaltete Vincent das Abblendlicht an, wobei die Armaturenbeleuchtung kurz aufflackerte. Der Weg vor ihnen wurde in ein gespenstisches Licht getaucht. Erfolglos betätigte er zunächst noch einmal den Knopf für das Verdeck, dann legte er den ersten Gang ein und setzte den Wagen langsam in Bewegung. Weil das Gefälle zunahm musste er das Fahrzeug abbremsen, um nicht zu schnell zu werden. Die erste Kurve nahm er in Schrittgeschwindigkeit, da sich dort eine große Wasserlache gebildet hatte. Als die erste Wegkreuzung in Sichtweite kam, begannen die Kontrollleuchten am Armaturenbrett wieder zu flackern. Dann, wie von Geisterhand, schaltete sich das Navigationsgerät an. Auf schwarzem Hintergrund erschien in großen weißen Buchstaben das Wort NAVI.

„Hallo, Sie werden ab jetzt von unserem Notfallassistenten für Verirrte – kurz Navi – betreut. Vielen Dank für Ihr Vertrauen", verkündete die nette Dame, die solange geschwiegen hatte, und nun gar nicht mehr so freundlich klang wie zuvor.

Alina und Vincent sahen sich fragend an, in dem Moment meldete sich eine tiefe, monoton klingende Männerstimme: „Guten Tag! Ich bin Navi, der Notfallassistent ihres Navigationsgerätes. Sie haben sich verirrt, bitte biegen Sie an der nächsten Kreuzung links ab!"

Wieder sahen sich Alina und Vincent verständnislos an.

„Wir haben uns nicht verfahren und müssen rechts abbiegen, da bin ich mir vollkommen sicher. Bei der Hinfahrt hattest du diesen Weg fast verpasst", meinte Alina zu ihrem Freund.

„Oh doch, Sie haben sich verirrt und müssen an der Kreuzung links fahren!" dementierte das Navi Alinas Aussage.

Vincent stoppte den Wagen, überlegte kurz, und bog, da er Alinas Meinung teilte, rechts ab.

„Bitte wenden Sie bei der nächsten Möglichkeit! Bitte wenden Sie!", forderte die Stimme aus dem Navigationsgerät.

Vincent ignorierte die Anweisung und fokussierte sein Augenmerk auf den Waldweg, der in den Spurrillen sehr rutschig war. Außerdem schmerzte sein Bein pochend unter dem Verband. Er wollte so schnell wie möglich raus aus dem Wald, weg von dem Unwetter, davon konnte ihn keine Computerstimme abhalten. In seinem Frust fuhr er die nächste Kurve zu schnell an, woraufhin das Heck ausbrach und das rechte Hinterrad über einen morschen Baumstumpf am Wegesrand holperte. Er hatte das Fahrzeug gerade wieder unter

Kontrolle, als vor ihnen das nächste Problem auftauchte. Eine riesige Eiche lag quer auf dem Waldweg. Da er sie zu spät gesehen hatte, musste Vincent abrupt abbremsen. Die Räder fanden auf dem matschigen Untergrund keinen Halt und rutschten auf den Baum zu. Erst als abstehende Äste vor den Kühlergrill stießen, kam der Wagen zum Stehen.

„Bitte kehren Sie um, dieser Weg ist nicht passierbar! Bitte wenden Sie!"

„Halt die Klappe! Ich sehe selber, dass es hier nicht weitergeht!", brüllte Vincent in Richtung Navi.

Es folgte ein gewaltiger Donnerhall, ehe die Stimme erneut einsetzte: „Warum sind Sie meinen Anweisungen nicht gefolgt? Wenn Sie mir nicht vertrauen, kann ich Sie hier nicht herausbringen. Und zügeln Sie ihre Worte wenn Sie mit mir sprechen. Ich rate Ihnen dringend meinen Angaben Folge zu leisten. Zuwiderhandlungen erfordern drastische Maßnahmen!", drohte die dunkle Stimme zornig.

Erneut züngelte ein greller Blitz aus den Wolken. Mit einem ohrenbetäubenden Knall schlug er in einen Baum etwa dreißig Meter vor ihnen ein. Unterhalb der Krone schien der Stamm zu explodieren. Für einen Moment stieg Rauch auf, es roch nach verbranntem Holz, dann spaltete sich der Stamm und die Baumkrone krachte auf den Weg.

„Bitte wenden Sie, wenn Sie nicht von einem Baum zerschmettert werden wollen!"

„Mach das Scheißding aus, Alina!"

Alina drückte auf die entsprechende Taste, doch das Gerät ließ sich nicht ausschalten.

„Dies war eine Zuwiderhandlung und wird Konsequenten haben! Bitte kehren Sie jetzt um!", schallte es monoton aus dem Navi.

„Hier kann man unmöglich wenden, ich muss rückwärtsfahren, eine andere Möglichkeit haben wir nicht", folgerte Vincent.

Er legte den Rückwärtsgang ein und ließ mit viel Gefühl die Kupplung kommen. Die Räder mussten sofort greifen, sonst hatten sie keine Chance. Als er merkte, wie die Reifen im weichen Untergrund Halt fanden, gab er vorsichtig Gas. Vincent drehte sich nach hinten, lenkte einhändig und versuchte in der Spur zu bleiben, was ihm bis kurz vor der Kreuzung gut gelang. Alinas Aufschrei riss ihn aus seiner Konzentration. Er stoppte den Wagen.

„Was…" Ihm blieben die Worte im Halse stecken als er sah, was da auf sie zugeflogen kam. Mit weit ausgebreiteten Schwingen steuerte ein Habicht auf Alinas Kopf zu. Sie nahm die Hände vors Gesicht und wollte sich gerade abducken, doch der Vogel erwischte sie am Kopf. Er krallte seine Greifer in ihre Kopfhaut, riss ein Büschel Haare heraus und flog davon. Alina kreischte hysterisch, derweilen Vincent dem Vogel nachsah. Der stellte seine Flügel gegen den Wind, machte kehrt und kam im Sturzflug zurück. Vincent beugte sich schützend über Alina. Der Greifvogel schlug seine scharfen Krallen in Vincents Schulter und hackte ihm mit dem Schnabel in den Nacken. Vincent verspürte Schmerz und Wut zugleich. Ruckartig schlug er mit dem Ellenbogen nach hinten und schwang seinen Oberkörper gegen sie Fahrertür. Der Habicht löste den schmerzhaften Griff, schlug mit den Flügeln und hob ab. Er landete auf dem Ast einer Buche wenige Meter vor ihnen. Sein helles Gefieder zeichnete sich deutlich von der Dunkelheit ab. Die bernsteinfarbenen Augen blinzelten Vincent bösartig an. Der spürte, wie ihm warmes Blut den Rücken herablief. Er wandte sich zu Alina, die wimmernd auf dem Beifahrersitz kauerte und ihre Arme verängstigt über den Kopf geschlagen hatte. Vincent spendete seiner Freundin ein paar tröstende Worte, dann sah er sich um, dabei hatte er den Vogel immer im Visier. Direkt neben dem Auto lag ein armdicker abgebrochener Ast. Vincent öffnete die Tür, machte einen Schritt nach draußen und hob den Ast auf. Er stellte sich mit beiden Füßen auf den Fahrersitz, wobei er den Holzknüppel wie einen Baseballschläger in den Händen hielt.

„Komm schon!", brüllte er seinem Widersacher entgegen. Der Habicht setzte sich auf, entfaltete die Schwingen und stieß sich von der Buche ab. Pfeilschnell kam er im Sturzflug mit einem schrillen Kreischen auf Vincent zugerast. Der holte mit dem Ast weit aus und schlug zielsicher im richtigen Moment zu. Er traf genau den Kopf des Vogels. Der gefiederte Angreifer geriet ins Taumeln, prallte gegen einen Baum und fiel dann leblos zu Boden. Wütend warf Vincent mit dem Knüppel nach dem toten Greifvogel. Als er sich wieder setzte, löste sich die ganze Anspannung aus seinem Körper.

Behutsam fasste er Alina an die Schulter: „Es ist vorbei, der Vogel kann uns nichts mehr anhaben."

Alina sah ihn mit weinerlichen Augen an. Sie blutete am Kopf. Das Blut zog rote Strähnen durch ihr blondes Haar.

„Ich will hier weg, Vincent, so schnell wie möglich, egal wie, nur weg von hier", schluchzte sie.

„Dazu benötigen Sie meine Hilfe, wie schon erwähnt, Sie haben sich verirrt!", meldete sich die düstere Stimme aus dem Navi zurück. „Gratuliere Vincent, ein hervorragender Schlag. Schade um das schöne Tier, doch diese kleine Demonstration war notwendig, um Sie von meinen Fähigkeiten zu überzeugen. Außerdem haben Sie gegen die Regeln verstoßen, was, wie ich ebenfalls schon erwähnt hatte, Konsequenzen nach sich zieht. Ich hoffe, Sie haben verstanden und halten sich ab jetzt an meinen Anweisungen!"

„Wer sind Sie überhaupt, woher kennen Sie meinen Namen und was hatte das mit dem Vogel auf sich?", wollte Vincent wissen. Er fand es äußerst merkwürdig, plötzlich mit einem Navigationsgerät zu sprechen.

„Für Sie bin ich einfach Navi, derjenige, der die Route aus dem dunklen Wald hinaus ins Licht kennt. Ich weiß mehr über Sie als Sie ahnen und ich vertrete nicht nur Ihre Interessen. Es handelt sich hier um eine Notfallsituation, die dem außergewöhnlichen Unwetter geschuldet ist. Meine Signale sind für alle Bewohner dieses Waldes empfangbar. Für Sie, da Sie nun mal zufällig hier sind, aber auch für die Tiere, die ebenfalls mit den momentanen Gegebenheiten überfordert sind. Angst und Panik haben ihr angeborenes Leitsystem, somit ihre Instinkte, außer Gefecht gesetzt. Außerdem mögen die Tiere keine Eindringlinge, die mit einem roten Sportwagen durch ihr Revier preschen. Hiermit ist die Unterhaltung beendet. Fahren Sie zurück bis zur Kreuzung und halten Sie sich dann links!", ließ die diabolische Stimme verlautbaren und verhallte mit einem finsteren Rauschen.

„Was ist hier los, Vincent? Zuerst der Fisch, dann der Fuchs, jetzt ein wildgewordener Vogel, doch am schlimmsten ist dieses schreckliche Navi. Ich habe Angst und will nach Hause!" Erst jetzt fiel ihr das Blut an seinem T-Shirt auf. „Du bist ja verletzt. Zeig mal deinen Rücken!", forderte Alina ihren Freund auf.

„Jetzt nicht, Liebes, es sind nur ein paar Kratzer. Wir müssen sehen, dass wir hier schleunigst wegkommen, wer weiß, was noch alles passiert", meinte Vincent während er gleichzeitig den Rückwärtsgang einlegte.

Das restliche Stück Wegstrecke bis zur Kreuzung schafften sie ohne Problem, dann lenkte Vincent den Wagen nach links. Der Wind flaute ein wenig ab, dafür setzte ein erneuter Wolkenbruch ein. Da immer noch eine drückende Wärme herrschte, war ihre Kleidung zwischenzeitlich abgetrocknet, doch nun wurden sie bei offenem Verdeck wieder durchnässt. Der Boden weichte noch mehr auf, sodass die Reifen ein ums andere Mal ins Rutschen gerieten. Der vor ihnen liegende Streckenabschnitt führte leicht bergab, was Vincent dazu veranlasste nur mit der Bremse zu arbeiten. Als der Regen nochmals zunahm, schaltete sich das Navi ein.

„In etwa hundert Metern kommen Sie zu einer weitgefächerten Buche. Halten Sie dort bitte an! Es wird gleich anfangen zu hageln, was eine Weiterfahrt für eine gewisse Dauer unmöglich macht. Ich melde mich sobald Sie die Fahrt fortsetzen können." Es rauschte, und das Wort NAVI auf dem Display begann zu blinken.

Der Niederschlag verwandelte sich bereits zu Graupel, als der Lichtkegel ihres Cabriolets die mächtige Buche erfasste. Vincent fuhr so weit wie möglich nach links an den Stamm heran. Er stoppte das Auto, ließ den Motor jedoch laufen. Kaum das sie standen, nahmen die Ausmaße der Hagelkörner zu. Binnen weniger Sekunden hatten sie fast die Größe von Golfbällen angenommen. Wie Geschosse gruben sich die Kugeln aus Eis in den Matsch des Weges. Das Geräusch, das sie dabei verursachten, erzeugte bei Alina eine Gänsehaut. Anfangs hielt das grüne Dach aus Zweigen und Blättern über ihnen der Belastung noch stand, doch der Hagelbeschuss hinterließ immer mehr Löcher. Zunächst fanden nur wenige Eiskugeln den Weg ins Cabriolet, doch es wurden schnell mehr und mehr. Als Alina von einer am Kopf getroffen wurde, beugte Vincent sich nach hinten zur Rückbank und griff nach der Decke, dabei entdeckte er das Handy in dem offenen Rucksack. Um das empfindliche Gerät vor Beschädigungen zu schützen, steckte er es in seine Hosentasche. Die Decke warf er zur einen Hälfte über die Windschutzscheibe, die andere Hälfte hielt er mit ausgestreckten Armen über sich und bat Alina, die rechte Seite zu spannen. So fanden sie einigermaßen Schutz vor dem Hagelgewitter. Jetzt prasselten die Eiskugeln auch auf die Motorhaube und verursachten einen wahrlichen Trommelwirbel. Die Decke fiel durch das angesammelte Gewicht langsam in sich zusammen, doch bevor sie über die Kante der Scheibe rutschte, versiegte der eisige Niederschlag so schnell wie er gekommen war. Vorsichtig entleerten Alina und Vincent die Decke. Als sie den Blick wieder frei hatten, sahen sie die ganzen Ausmaße des Hagelsturms. Der Weg war gänzlich mit weißen Kugeln bedeckt, gesprenkelt mit grünen Blättern, die von den Bäumen gefetzt worden waren. Die Motorhaube ihres Autos glich einer Kraterlandschaft mit tiefen Dellen. Auf der Rückbank hatte sich ein Haufen Eis angesammelt, der nun langsam zu tauen begann. Während sie darauf warteten, bis der Boden abtaute und das Navi sich wieder meldete, untersuchte Alina Vincents Rücken. Er hatte tiefe Kratzer an den Schulter und ein ovales Loch neben dem Halswirbel. Das Blut war bereits geronnen und hatte eine dünne Kruste gebildet. Sie beschlossen nichts zu unternehmen. Größere Sorgen bereitete Vincent sein Bein. Die Wunde schmerzte nach wie vor und ließ bereits eine Entzündung unterhalb des Verbandes erkennen. Diesen Tatbestand verheimlichte er vor Alina, die sich schon genug Sorgen machte. Ihre Wunde am Kopf sah er sich auch an. Die Kopfhaut war an einer Stelle wenige

Zentimeter aufgerissen, doch auch in ihrem Fall bedurfte es nicht zwingend einer Behandlung. Alina schmiegte sich anschließend an Vincent, der ihr tröstend über den Kopf streichelte. Während sie warteten, taute das Eis rasch ab. In Vincent keimte der Gedanke auf, einfach solange unter der Buche zu verweilen bis sich das Unwetter verzogen hatte. Doch wahrscheinlich würde ein Blitz den Baum spalten, der sie dann unter sich begrub. Seitdem die Stimme aus dem Navi sie zu kontrollieren schien, hielt er alles für möglich. In Gedanken versunken, bemerkte Vincent nicht, wie das Display aufhörte zu blinken, doch die unverkennbare Stimme holte ihn in die schreckliche Realität zurück.

„Sie können jetzt weiterfahren. Biegen Sie bei der nächsten Gelegenheit rechts ab!"

Vincent setzte das Fahrzeug wieder in Gang. Nach einigen Minuten gabelte sich der Weg. Unentschlossen stoppte er und sah erwartungsvoll das Navi an.

„Fahren Sie rechts!", lautete das Kommando.

Das Gelände stieg wieder an und verlangte sowohl Fahrer, als auch Maschine einiges ab. Es lagen noch einige Hagelkörner auf dem Weg, doch erfreulicherweise packten die Reifen, sodass sie zügig vorankamen. Völlige Dunkelheit hatte nun den Wald befallen, nur die züngelnden Blitze spendeten ab und an schauerliches Licht. Der Wind heulte über die Baumwipfel wie ein Rudel Wölfe in der Nacht. Vincents Zeitgefühl hatte ihn verlassen, er wusste nicht, wie lange sie sich schon in dem Wald aufhielten. Wahrscheinlich war es bereits später Abend, sie müssten längst beim Restaurant sein, wo er Alina einen Heiratsantrag machen wollte. Das Unwetter hatte sein Pläne durchkreuzt. Vincent schweifte ab und hätte fast den Schlagbaum übersehen, der unerwartet vor ihnen auftauchte.

„Auch das noch, er hat uns in eine Sackgasse geführt", schimpfte Vincent, während Alina keinerlei Regung zeigte. Sie schien zu resignieren, sagte seit geraumer Zeit nichts mehr und starrte unentwegt geradeaus.

„Dies ist keine Sackgasse, sondern der einzige Weg, der Sie hier herausbringen wird. Öffnen Sie den Kofferraum, nehmen Sie das Werkzeug und lösen Sie mit einem Schraubenschlüssel die Kette, an der sich das Schloss befindet. Sobald Sie die Schranke geöffnet haben, fahren Sie geradeaus weiter!", erklärte der unheimliche Mann aus dem Navi.

Vincent öffnete die Fahrertür und stieg unbeholfen aus. Sein Bein schmerzte. Er hielt es kurz ins Licht der Scheinwerfer und musste erschrocken feststellen, wie das Bein oberhalb des Knies bereits blau angelaufen war. Er brauchte dringend einen Arzt. Nachdem er den Werkzeugbeutel aus dem Kofferraum genommen hatte, humpelte er zum Schlagbaum. Ein kantiger Balken hing an Ketten zwischen zwei dicken Pflöcken, die tief im Boden verankert waren. Links sicherte ein großes Vorhängeschloss die Kette, die wiederum mit drei Gewindeschrauben am Holzbalken befestigt war. Vincent suchte in dem Beutel nach einem passenden

Schlüssel, dann löste er eine Schraube nach der anderen. Einmal hielt er kurz inne, da er hinter seinem Rücken im Unterholz ein Geräusch vernommen hatte. Er blickte rasch um und erkannte zwei helle Punkte im Gebüsch, die ihn zu beobachteten schienen. Er bemerkte eine Bewegung hinter dem Busch, woraufhin die leuchtenden Augen verschwanden. Voller Unbehagen wandte sich Vincent wieder den Schrauben zu. Die Angst, etwas könnte aus dem Gebüsch springen und ihn anfallen, saß ihm ständig im Nacken.

Während Vincent beschäftigt war, wartete Alina wie versteinert im Auto und beobachtete ihren Freund. Der Gedanke, ihm zu helfen, kam ihr nicht. Sie fühlte sich mit der unvorstellbaren Situation völlig überfordert. Dies alles musste ein böser Traum sein. Doch der Klang aus dem Navi wiederlegte ihre These.

„Vincent ist ein guter Mann, er liebt dich über alles, Alina", flüsterte die tiefe Stimme, damit nur Alina sie hören konnte. „Er wollte dir heute Abend einen Heiratsantrag machen, weißt du das? Er hatte euren romantischen Tag so schön geplant, doch wie das Schicksal es so wollte, ist nun alles anders gekommen. Vincent wird dich beschützen, damit dir nichts passiert. Niemals würde er von deiner Seite weichen. Solltest du dich von ihm entfernen, wird er dir folgen, Alina, das verspreche ich dir. Bis in den Tod wird er dir folgen. Vertraue nur mir und ihm, nicht deinen Gedanken, die dich zwangsläufig in die Irre führen werden. Bleibe immer in der Nähe deines Freundes und denke an meine Worte – er folgt dir bis in den Tod!" Das letzte

Wort zog sich schauderhaft in die Länge und verschmolz mit dem beklemmenden Rauschen des Lautsprechers. Alina hielt sich die Ohren zu. Kein Traum konnte so real sein.

Fast wäre Vincent der schwere Stamm auf den Fuß gefallen, doch er konnte ihn gerade noch rechtzeitig wegziehen. Vincent nahm das freie Ende des Schlagbaums und bugzierte es an den äußeren Wegrand. Das Werkzeug verstaute er wieder im Kofferraum. Als er auf dem Fahrersitz platznahm, pochte sein Bein unaufhörlich. Alinas Blicke musterten ihn, als säße ein Geist neben ihr.
„Wolltest du mir heute Abend einen Heiratsantrag machen?", fragte sie Vincent unverhofft.
Nun sah er sie entgeistert an.
„Wie kommst du darauf?"
„Er hat es mir gesagt", antwortete Alina und zeigte auf das Navigationsgerät an der Windschutzscheibe.
„Ich habe mir den Tag definitiv anders vorgestellt, Schatz. Lass uns später darüber reden, dies ist nicht der richtige Zeitpunkt und der falsche Ort, außerdem sind wir nicht alleine. Wer oder was auch immer uns beobachtet, versucht nur Angst und Schrecken zu verbreiten, dennoch müssen wir uns diesem sogenannten Notfallassistenten anvertrauen. So absurd das auch klingen mag, ich glaube wir können uns nur in Sicherheit wiegen, wenn wir im Auto bleiben und seinen Forderungen nachkommen. Uns bleibt keine andere Wahl. Egal was in dieser Nacht noch geschehen mag, du

solltest immer wissen, dass ich dich liebe. Jetzt lass uns weiterfahren damit wir hier endlich rauskommen", schloss Vincent und legte den ersten Gang ein.

Der Wind nahm abermals zu und fegte orkanartig durch den Wald. Überall lagen umgestürzte Bäume, einige abgeknickt wie gebrochene Streichhölzer, andere samt Wurzeln aus dem Boden gerissen. Der Weg vor ihnen war weitestgehend frei. Einige morsche Äste konnte Vincent mühelos überfahren. Nach einer langgezogenen Kurve tauchte plötzlich ein Reh vor ihnen auf. Zunächst blieb es mitten auf dem Weg stehen und blickte mit weit aufgerissenen Augen in das grelle Scheinwerferlicht. Vincent stoppte das Auto, rechnete mit einem Angriff, doch das Reh wandte sich ab und lief in den Wald zurück. Erleichtert setzte er die Fahrt fort. Alina kauerte schweigend auf dem Sitz. Die nassen Haare klebten an ihrem leichenblassen Gesicht. Sie sah nicht gut aus und bibberte am ganzen Körper. Vincent machte sich große Sorgen. Wie lange würden ihre Nerven der angespannten Lage noch standhalten? Er legte tröstend seine Hand auf ihre Schulter, doch sie zeigte keine Reaktion, sah ihn nicht einmal an, sondern starrte nur geradeaus, als wäre sie mit ihren Gedanken ganz woanders. Immer wenn sich das Navi meldete, um einen bevorstehenden Richtungswechsel anzukündigen, zuckte Alina zusammen. Sie sah das Gerät erwartungsvoll an, so als würde sie eine bestimmte Nachricht erwarten, danach schirmte sie sich wieder ab und versank in ihre traumatische Lethargie. Nach langer Zeit des Schweigens, rauschte das Navigationsgerät und vermeldete eine weitere Kursänderung: „Biegen Sie an der nächsten Kreuzung links ab!"

Als sie sich der besagten Stelle näherten, richtete Alina ihre Aufmerksamkeit auf die Umgebung vor ihnen. Sie schien urplötzlich hellwach zu sein. Mit geschärftem Blick folgte sie dem Scheinwerferlicht durch die Dunkelheit. Sie erreichten die Kreuzung und Vincent wollte schon links einlenken, als Alina aufgeregt mit der Hand nach vorne deutete.

„Das Herz. Wir müssen geradeaus! Da ist die hohe Birke mit dem Herz, die mir aufgefallen ist als wir in den Wald hineingefahren sind. Von da kann es nicht mehr weit bis zur Straße sein. Vincent, nicht abbiegen, bitte fahr zu dem Herz, ich bin mir sicher, dass das der richtige Weg ist. Vertraue mir, nicht dem…."

„Biegen Sie hier links ab!", unterbrach die düstere Stimme Alina, die weiterhin euphorisch nach vorne wies.

Mit viel Fantasie konnte Vincent tatsächlich ein angedeutetes Herz über dem Waldweg erkennen. Innerlich gespalten wägte er die gegenwärtige Situation ab. Einerseits wagte er es nicht, sich den Forderungen des ominösen Unbekannten zu widersetzen, andererseits wollte er Alina nicht enttäuschen, sie würde zerbrechen, wenn er ihr keinen Glauben schenkte. Derweilen Vincent krampfhaft überlegte, bekam er nicht mit, wie Alina die Tür öffnete und ausstieg. Erst als sie seinen Namen rief, sah er sie winkend auf dem Weg stehen.

„Nein, warte!", doch Alina rannte los.

Vincent nahm den Gang heraus, zog die Handbremse und stieg ebenfalls aus. Eine kräftige Windböe wehte durch die Schneise des Weges. Sie erfasste das Geäst zweier Bäume und riss das herzförmige Geflecht auseinander. Zurück blieb ein gebrochenes Herz. Vincent schrie: „Alina, nicht, halte an, das ist nicht der richtige Weg sondern eine Falle!"

Alina überhörte die Warnung. Unbeirrt folgte sie ihrer Eingebung. Ohne nochmal umzuschauen lief sie weiter. Vincent setzte sich schwerfällig in Bewegung, sein Bein schmerzte bei jedem Schritt, dennoch erhöhte er das Tempo. Die Distanz zwischen ihnen wurde immer größer, so sehr er sich auch mühte, er konnte Alinas schnellen Schritten nicht folgen. Trotz des turbulenten Windes, vernahm er ungewöhnliche Geräusche, die von rechts aus dem Wald in sein Ohr drangen. Brechende Äste, knirschende Zweige und stampfende Schritte, die dumpf vom weichen Waldboden widerhallten. Je weiter Vincent sich vom Auto entfernte, umso fahler wurde die Lichtquelle der Scheinwerfer, dennoch erkannte er einen dunklen Schatten zwischen den Bäumen huschen. Die Geräusche wurden lauter, der Schatten näherte sich dem Weg, steuerte direkt auf Alina zu. Vincent schrie, er wollte Alina vor dem heranstürmenden Unheil warnen, doch seine Rufe wurden vom Wind verschluckt. Alina rannte weiter. Bevor sie in völliger Dunkelheit verschwand, geriet sie ins Straucheln und fiel zu Boden. Vincent näherte sich humpelnd, die Schmerzen hatte er längst verdrängt. Als Alina sich aufrappelte, hatte er sie wieder im Blickfeld. Erneut rief er ihr zu. Diesmal reagierte sie und drehte sich in seine Richtung. Sie wollte gerade den Arm heben, als der Schatten mit einem gewaltigen Satz aus dem Gebüsch sprang. Wie aus dem Nichts stand plötzlich ein mächtiger Hirsch auf dem Weg. Mit geneigtem Kopf und dem Geweih voran stürmte der ausgewachsene Bulle sofort auf Alina zu. Der Anblick des wutschnaufenden Tieres ließ Alina erstarren. Wie angewurzelt, nicht fähig zu handeln, sah sie den Hirsch auf sich zukommen. Vincent schrie sich die Seele aus dem Leib, wollte die Aufmerksamkeit des Angreifers auf sich lenken, doch der Bulle ignorierte ihn, er hatte nur ein Ziel vor Augen. Vincent war bis auf zehn Meter herangekommen, als der Hirsch Alina rammte. Die sichelförmigen Enden des Geweihs bohrten sich in ihren Brustkorb. Es knackte abscheulich, als das Gehörn Alinas Rippen brach. Blut spritzte. Der kräftige Bulle riss seinen Kopf in die Höhe. Vincent sah in die entsetzlich weit geöffneten Augen seiner Freundin, dann wurde sie wie eine leblose Puppe in die Luft geschleudert. Stumm schlug sie hart auf den Boden auf. Der Hirsch senkte sein gehörntes Haupt, wollte ein weiteres Mal zustoßen, als Vincent mit beiden Fäusten auf das Tier eindrosch. Der Bulle drehte sich um, dabei tropfte Blut vom Geweih. Er streckte den Kopf in den Nachthimmel und röhrte triumphierend auf. Das Tier machte keine Anstalten Vincent anzugreifen. Der Hirsch wartete einen Moment, dann, als sei es ihm gerade befohlen worden, machte er kehrt und verschwand in die Finsternis des Waldes, begleitet von einem Salutschuss, der donnernd vom Himmel krachte. Anschließend herrschte eine gespenstische Ruhe. Der Wind flaute ab, die Wolken schlossen ihre Schleusen. Nur letzte Regentropfen, die im Blätterdach versiegten und Alinas röchelnde Laute unterbrachen die eingetretene Stille.

Vincent fiel vor seiner Freundin auf die Knie. Sie blutete stark. Bei jedem ihrer flachen Atemzüge quoll Blut aus den Wunden und verfärbte das beigefarbene Kleid in ein tiefes rot. Verzweifelt legte Vincent seine Hände auf Alinas Brustkorb, in der Hoffnung so den roten Fluss stoppen zu können. Das Blut lief einfach durch seine gespreizten Finger. Er zog das T-Shirt aus und drückte es auf die Wunden. Vincent konnte spüren, wie Alinas Herz unter seinen Händen immer schwächer wurde. Er sah sie an und weinte. Zitternd hob sich Alinas linke Hand und wischte seine Tränen weg. Sie räusperte sich, dabei rann ein roter Faden aus ihren Mundwinkeln. Vincent legte seine Stirn an ihre. Unter furchtbaren Qualen versuchte Alina zu sprechen: „Woll…wolltest du – mich heiraten?"

„Ja, das will ich! Alles wird wieder gut, Schatz, dann werde ich dich heiraten. Halte bitte durch, verlass mich jetzt nicht! Ich liebe dich doch, Alina, ich liebe dich!" versprach Vincent unter Tränen.

Er löste sich von ihrer Stirn und glaubte, ein Lächeln auf den blutigen Lippen erkennen zu können. Alina schloss die Augen, ihr Herz hörte auf zu schlagen. Er schlang seine Arme um sie, drückte sie fest an sich.

Minutenlang wiegte er seine Freundin in den Armen, dann richtete Vincent sich voller Fassungslosigkeit auf.

„Ist es das, was du wolltest?", brüllte er in den feuerspeienden Nachthimmel. Benommen wandte er sich seiner toten Freundin zu: „Was soll ich nur tun Alina? Ich kann dich doch nicht einfach so hier liegenlassen. Und zu Fuß schaff ich es mit meinem verwundeten Bein niemals hier raus. Warum bist du nur fortgelaufen, Alina?"

Die Ausweglosigkeit ließ ihn lange Zeit verharren, dann holte er sein Handy aus der Tasche. Vielleicht konnte er jetzt einen Notruf senden, doch das Handy blieb nach wie vor stumm. Vincent dachte nach und traf eine Entscheidung. Er würde nicht ohne Alina weiterfahren. Er hob ihren leblosen Körper vom nassen Boden und trug sie auf den Armen. Es verlangte ihm eine unsägliche Kraftanstrengung ab, doch letztendlich schaffte Vincent es, seine Lebensgefährtin bis zum Auto zu tragen. Er platzierte Alina auf den Beifahrersitz und schnallte sie an. Fest entschlossen, sie Heim zu bringen, setzte er sich ans Lenkrad.

„Sie hat meine Anweisung missachtet und die Konsequenzen getragen. Ich habe Sie gewarnt. Biegen Sie jetzt links ab und folgen Sie dem Weg!", ohne ein Wort des Bedauerns verstummte das Navi.

Vincents Hand griff automatisch nach dem Gerät.

„Unterlassen Sie das, oder Sie werden es bitter bereuen! Biegen Sie jetzt links ab!"

Vincents Hand verweilte kurz vor der Windschutzscheibe, dann schlug er mit der Faust auf das Armaturenbrett, immer und immer wieder. Die angestaute Wut, die Trauer, das Gefühl des Versagens, all seine Verbitterung legte er in die Schläge. Erst als die innerliche Anspannung sich löste, hielt er inne und fühlte sich etwas besser. Er sah Alina an, deren gesenkter Kopf seitlich auf der Schulter ruhte. Allein ihretwegen musste er nun Stärke zeigen und sie würdevoll nach Hause bringen. Seine Hände legten sich entschlossen um das Lenkrad, dann bog er links ab. Das Gefühl, dass etwas durch den Wald schlich und ihn weiterhin beobachtete, konnte er nicht ablegen.

Nach etwa fünf Minuten Fahrzeit, blinkten die großen Lettern auf dem Display wieder warnend auf und sein unsichtbarer Begleiter hinterließ eine Botschaft: „Seien Sie bei dem folgenden Streckenabschnitt bitte äußerst vorsichtig!"

Wenige Sekunden später gelangte Vincent an eine Kuppe und sah, warum er die Warnung erhalten hatte. Der Waldweg fiel extrem steil ab, zudem befanden sich tiefe Schlaglöcher in der Spur. Vincent fasste all seinen Mut zusammen und ließ den Wagen langsam anrollen. Sein Fuß fixierte ausschließlich die Bremse. Bereits das erste Loch versetzte dem Fahrzeug einen heftigen Schlag. Vincent trat das Bremspedal voll durch und kam rutschend zum Stehen. Angstschweiß stand ihm auf der Stirn als er die Bremse behutsam löste und so den Wagen wieder ans Laufen brachte. Trotz der geringen Geschwindigkeit musste er schwere Schläge in Kauf nehmen. Die Stoßdämpfer knarrten unter den Kotflügeln. Vincent driftete zu weit nach links aus der Spur und das Auto geriet in Schräglage. Alinas lebloser Körper neigte sich an Vincents Schulter und ihr Kopf stieß gegen seine Schläfe. Er versuchte Alina mit einer Hand von sich zu drücken, dabei rutschte er von der Bremse ab. Für einen Moment hatte er die Gewalt über das Fahrzeug verloren. In diesen Bruchteilen von Sekunden erhöhte sich das Tempo des Wagens rapide. Vincent stemmte sich gegen Alinas Körper und versuchte mit einer Hand wieder in die Spur zu lenken. Sein Fuß tastete vergeblich nach dem Bremspedal. Dann tauchte vor ihm eine dicke Wurzel auf, die aus einer hohen Bodenwelle emporragte. Vincent konnte unmöglich ausweichen. Das rechte Vorderrad krachte gegen die Baumwurzel, hob ab und landete in einem tiefen Schlagloch. Vincent konnte hören, wie die Radaufhängung brach. Alina wurde nach vorne geschleudert. Der Gurt stoppte ruckartig den Schwung, gleichzeitig öffnete sich der Airbag über dem Handschuhfach und drückte Alina in den Sitz zurück. Vincent hatte nun vollends die Kontrolle verloren. Der Sportwagen schleuderte mit abgeknicktem Rad noch weiter nach rechts und prallte frontal gegen einen Baum. Vincent flog ein Airbag ins Gesicht, zeitgleich verlor er den Kontakt zur Kupplung und würgte den Wagen ab. Dunkle Schleier trugen ihn in die Bewusstlosigkeit.

„Sie haben Ihr Ziel nicht erreicht! Sie haben Ihr Ziel nicht erreicht! Sie haben Ihr Ziel nicht erreicht…..!

Dieser monotone Wortlaut holte Vincent aus der Ohnmacht zurück. Er drückte benommen den Airbag beiseite und wandte seinen Blick nach rechts. Der Beifahrersitz war leer – Alina war verschwunden. Nur der blutverschmierte Airbag hing schlaff über dem Fußraum.

„Sie haben Ihr Ziel nicht erreicht! Sie haben Ihr…."

Vincent starrte auf das blinkende Wort NAVI, riss das Gerät von der Windschutzscheibe und warf es mit voller Wucht gegen den Baum, den er gerammt hatte. Die bösartige Stimme verstummte, als das Plastikgehäuse in mehrere Teile zersplitterte. Dann zwängte er sich mühevoll aus dem Sitz und stieg aus.

„Alina! Alina! Alina, wo bist du?", rief Vincent in die Dunkelheit des Waldes. Wie zu erwarten erhielt er keine Antwort, wie auch, seine Freundin war tot. Doch wohin war sie verschwunden? Hatte der mysteriöse Unbekannte aus dem Navigationsgerät sie verschleppt? Das alles machte keinen Sinn, das ganze Desaster, welches sie den Tag durchlebt hatten, ergab keinen Sinn. Es musste ein Traum sein, nur ein grauenhafter Alptraum. Doch ein bösartiges Knurren verwischte den Traum, in den Vincent zu fliehen versuchte. Das Knurren zeigte ihm die Wirklichkeit auf. Ein ausgewachsener Wolf stand am Heck des Autos und bleckte die Zähne. Eiskalte Augen funkelten Vincent angriffslustig an. Vincent sah sich hektisch um, suchte nach einer Waffe mit der er sich verteidigen konnte, doch der Wolf machte keine Anstalten ihn anzugreifen, stattdessen klingelte Vincents Handy. Vollkommen überraschte holte er es aus der Hosentasche. Unbekannter Anrufer, stand auf dem Display. Vincent nahm den Anruf an. Die tiefe Stimme erkannte er sofort wieder.

„Nimm die kleine Schatulle aus dem Rucksack, zieh dir ein T-Shirt an und folge dem Wolf!", diktierte der unbekannte Anrufer.

„Was hast du mit Alina gemacht? Ich werde nichts unternehmen bevor ich nicht weiß wo meine Freundin ist, du Mistkerl", kaum hatte er die Worte gesprochen, machte der Wolf einen Schritt nach vorne und knurrte Vincent drohend an.

„Nicht in diesem Ton Vincent, oder muss ich nochmal meine Macht demonstrieren? Dafür, dass du das Navigationsgerät zerstört hast, müsste dich eigentlich auf der Stelle der Blitz treffen. Ich verschone dich nur, weil ich Alina mein Wort gegeben habe. Im Gegensatz zu dir, halte ich meine Versprechen. Ich versprach deiner Freundin, dass du nicht von ihrer Seite weichen wirst. Ich lobte dich in den höchsten Tönen und behauptete, dass du ihr sogar bis in den Tod folgen würdest. Wie gesagt, ich stehe zu meinem Wort, also enttäusch mich nicht, und vor allen Dingen enttäusche Alina nicht! Sie wartet auf dich und mein Freund wird dich zu ihr führen. Solltest du nicht gehorchen, handelt der Wolf nach meinen Befehlen. Wie du weißt, ist er ein Waldbewohner und empfängt meine Signale", erklärte der Unbekannte.

„Alina ist tot, gestorben durch dein Verschulden. Du bist der Teufel!"

„Nein, nur sein Assistent. Deine Liebste befindet sich immer noch in meinem Frequenzbereich. Sie ist schon vorausgegangen, zwei treue Gehilfen haben ihr den Weg gewiesen. Und jetzt mach das, was ich dir gesagt habe oder mein Freund wird dich an Ort und Stelle zerfleischen!"

Das Display des Handys erlosch. Vincent versuchte es wieder anzustellen, doch es funktionierte nicht. Abermals knurrte der Wolf, was einer eindeutigen Aufforderung gleichkam. Vincent musste sich dem Tier nähern, um an den Rucksack zu gelangen. Die Rückleuchten des Sportwagens tauchten den Wolf in rotes Licht, was ihn noch bedrohlicher wirken ließ. Aufmerksam beobachtete er Vincents Bewegungen, als der die Tasche von der Rückbank nahm und auf die Heckklappe legte. Er holte das braune Kästchen aus der kleinen Vordertasche und fand ein frisches Shirt ganz unten im Rucksack. Er zog es über, dann, wie auf Kommando, setzte sich der Wolf in Bewegung.

Zunächst gingen sie den abschüssigen Weg nach unten. Erleichtert stellte Vincent fest, dass das folgende Stück ebenerdig verlief. Dennoch hatte er Mühe, mit dem Wolf Schritt zu halten. Das Knie war blau angeschwollen und ließ sich so gut wie nicht bewegen, deshalb musste er es humpelnd nachziehen. Schmerzen verspürte er kaum, die unglaublichen Ereignisse hatten sie in den Hintergrund gedrängt. Es regnete nicht, nur ein leichter Wind wehte durch die Baumwipfel. Die dunkle Hand des Unwetters ruhte momentan über dem Wald, und schien neue Energie zu sammeln. Vincents

Augen gewöhnten sich schnell an die Dunkelheit, die vom diffusen Licht des Mondes über den Wolken sogar an manchen Stellen durchflutet wurde. Der Wolf blieb immer in Sichtweite und vergewisserte sich regelmäßig, ob Vincent ihm auch folgte. Der Waldweg führte wie eine Schneise durch ein Tal. Rechts und links türmten sich stetig anwachsende Hänge auf. Einmal glaubte Vincent, oben am Hügel etwas Helles zwischen den Bäumen huschen zu sehen. Er dachte sofort an Alina und ihr beigefarbenes Kleid. Er beobachtete die Stelle noch eine ganze Weile, doch der helle Schimmer war verschwunden. Da er seine Augen woanders hatte, stolperte Vincent über einen Baumstumpf und fiel unglücklich auf das lädierte Knie. Der Wolf drehte sich um und wartete solange, bis sein Begleiter sich wieder erhoben hatte. Nun drang der Schmerz wieder an die Oberfläche. Im Gleichklang mit seinem Herzschlag pochte das Bein bis in die Zehenspitzen. Vincent wagte nicht es anzuheben und schleifte den Fuß über den Waldboden, wo er eine dunkle Linie im durchweichten Sand hinterließ. Nach unendlichen Minuten musste er den Anstrengungen Tribut zollen. Am Ende seiner Kräfte angelangt, lehnte er sich schwerfällig an einen Baum.

„Ich brauche eine Pause", rief er dem Wolf hinterher, als wäre es das Selbstverständlichste auf der Welt mit einem wilden Tier zu sprechen. Der Wolf blickte sich um und ging gemächlich auf Vincent zu. Der überraschenden Attacke hatte er nichts entgegenzusetzen. Sein Aufschrei hallte durch die

Nacht. Der Wolf biss nicht voll zu, die spitzen Zähne gruben sich nur geringfügig in Vincents Wade. Der Schmerz betäubte sein eh schon verletztes Bein, sodass er am Stamm des Baumes zu Boden sank. Blut sickerte aus der Bisswunde. Der Wolf zog die Lefzen hoch und blutiger Sabber lief aus seinem Maul. Mehr brauchte Vincent nicht sehen, um zu verstehen. Er drückte sich mit beiden Armen ab, stemmte das gesunde Bein auf den Boden und hievte sich in die Höhe. Zufrieden setzte der tierische Navigator den Marsch fort. Vincent folgte seiner Route mit schmerzverzerrtem Gesicht.

Die Tortur nahm ihren Höhepunkt, als der Wolf links auf einen schmalen Pfad abbog, der sich den Hang hochschlängelte. Flaches Gebüsch säumte den Verlauf des Pfades. Vincent hangelte sich von Strauch zu Strauch, an denen er sich mühselig hochziehen konnte. Des Weiteren, versuchte er mit dem gesunden Bein Halt zu finden, damit er nicht abrutschte falls ein Zweig brechen sollte. So erklomm er Meter um Meter. Sein Wegbegleiter ließ ihm Zeit und wartete solange, bis Vincent wieder herangekommen war. Während des Kletterns erlitt er mehrere Abschürfungen, da das Gelände zunehmend steiniger wurde. Die Krämpfe jedoch, die ihn immer wieder aufs Neue heimsuchten, waren weitaus schlimmer. Unfähig weiterzuklettern, wartete er bis die ziehenden Schmerzen abgeklungen waren. Irgendwann, nach langer Zeit des Leidens, stand der Wolf auf der Kuppe und sah auf Vincent herab. Es handelte sich nur noch um wenige Meter, die es zu erklimmen galt. Vincent lehnte sich an einen massigen

Stein, um seine Kräfte für den letzten Anstieg zu bündeln, als sein Handy erneut klingelte. Schlimmes ahnend, nahm er den Anruf entgegen.

„Du hast es fast geschafft", sagte die wohlbekannte Stimme, „ich bin stolz auf dich. Wenn du jetzt tust, was ich dir sage, wirst du nie mehr von mir hören. Solltest du meine Anweisungen ignorieren – nun ja, du weißt, was dann passieren wird. Also höre genau zu!"

Vincent verinnerlichte das Gesagte, stellte keine Fragen, schüttelte nur ab und an verständnislos mit dem Kopf.

„Hast du alles verstanden?"

„Ja."

„Wirst du meine Anweisungen befolgen?"

„Ja."

„Dann wünsche ich dir viel Erfolg, möge das Glück auf deiner Seite sein." Die Ironie in der abgrundtiefen Stimme ließ Vincent erschaudern.

Er wollte gerade auflegen, doch es ertönte noch ein monotoner Wortlaut: „Hiermit ist die Routenführung Ihres persönlichen Notfallassistenten beendet. Vielen Dank für Ihr Vertrauen! Hiermit ist die……"

Vincent würgte die scheinheilige Durchsage ab und legte auf. Er sah nach oben. An der Kante wartete nach wie vor der Wolf. Auf dem letzten Stück wuchsen kaum noch Sträucher, an denen er sich festhalten konnte, dafür ragten einige Steine aus dem Boden, die eventuell nützlich sein könnten. Schwerfällig setzte Vincent die Kletterpartie fort. Sein linkes Bein spürte er kaum noch, demzufolge arbeitete er überwiegend mit den Armen, die nach wenigen Metern bereits schmerzhaft brannten. Er mühte sich von Stein zu Stein, legte immer wieder kurze Verschnaufpausen ein und hangelte sich dann weiter. Nach vielen qualvollen Minuten hatte er die Anhöhe endlich bewältigt. Völlig außer Atem legte er sich lang auf den Rücken. Der Wolf sah von oben auf ihn herab, dabei tropfte Sabber in Vincents Gesicht. Er setzte sich auf und wischte den Schleim mit dem Handrücken ab. Dann sah er sie, Alina.

Sie stand etwa zehn Meter entfernt auf einem kleinen Plateau aus Stein und blickte in seine Richtung. Auf der flachen Ebene war es ungewöhnlich hell, da mattes Mondlicht durch die Wolken schien. Es gab nur wenige Bäume an diesem gespenstisch anmutenden Ort, der überwiegend aus Felsgestein bestand. Alina stand nur da und sah ihren Freund erwartungsvoll an. Das blutgetränkte Kleid an ihrem bleichen Körper flatterte im Wind. Das blonde Haar wirkte fahl und unterschied sich kaum von der blassen Hautfarbe. Geronnenes Blut klebte an ihren Mundwinkeln und zog einen roten Strang bis runter zum Hals. Die leblosen Augen lagen tief in dunkelumrandete Höhlen und starrten nur in eine Richtung, starrten auf Vincent. Ihre blutleeren Lippen öffneten sich, bewegten sich in einen immer wiederkehrenden Rhythmus, doch kein Ton entwich.

„Komm zu mir! Komm zur mir…..!", diese Worte konnte Vincent deutlich von Alinas Lippen ablesen.

Wie um ihre stummen Rufe zu untermauern, breitete sie ihre Arme aus und streckte ihm die Hände entgegen.

Der Wolf wurde ungeduldig und zwang seine wehrlose Geisel somit zum Handeln. Vincent kroch auf allen Vieren zu einem Baum, der in seiner Nähe stand. An der grobschollig en Rinde zog er sich hoch. Als er auf wackligen Beinen zum Stehen kam, vernahm er einen krächzenden Laut aus dem Baum. Vincent sah nach oben. Auf einem Ast über ihm, saß ein Habicht mit zertrümmertem Schädel. Das eine intakte Auge glotze ihn unentwegt an. Vincent schaute sich nochmals um und entdeckte unter einem Busch lauernd den Fuchs. Der Unterkiefer klaffte im unnatürlichen Winkel von der blutverkrusteten Schnauze ab. Der Wolf näherte sich Vincent und begann zu knurren. Alina streckte ihrem Freund immer noch die Arme entgegen und bewegte ihre Lippen: „Komm zu mir!"

Vincent atmete einmal tief durch, dann hinkte er in ihre Richtung. Je näher er ihr kam, umso unwohler wurde ihm. Er konnte ihren leblosen Anblick kaum ertragen. Helle Blitze züngelten und dumpfer Donner ertönte, als Vincent seine Lebensgefährtin erreichte. Sie umschloss ihn sofort mit den Armen und drückte ihn an sich. Er ließ sie gewähren und erschauderte. Alinas Körper war kalt. Er sah tief in ihre Augen und konnte kein Leben erkennen. Sie setzte zu einem Kuss an, Vincent wollte zurückweichen, doch das bösartige Grollen im Hintergrund ließ ihn erstarren. Als ihre eisigen Lippen die seinen berührten, war er einer Ohnmacht nahe, doch er überwand sich und ließ es geschehen. Alina wich anschließend einen Schritt zurück, fasste nach seinen Händen und senkte die

Arme. Vincent wusste, was er zu tun hatte, zumal er den Wolf direkt hinter seinem Rücken verspürte. Er beugte das gesunde Bein und setzte mit dem anderen Knie auf den Boden auf. Er löste sich aus ihren Händen und holte das kleine Kästchen aus der Hosentasche. Vincent öffnete die Schatulle und nahm den Ring heraus. Er griff nach Alinas rechter Hand, drückte sie sanft und sah zu ihr hinauf: „Möchtest du mich heiraten?"

Alina nickte stumm mit dem Kopf. Ihre Lippen formten sich zu einem angedeuteten Lächeln. Für einen Moment glaubte Vincent, ein feuriges Leuchten in ihren Augen erkennen zu können. Er hob ihre Hand und steckte den Ring behutsam auf ihren Ringfinger. Über dem Wald spie der Himmel einen donnernden Blitz aus. Alina hob die Hand und betrachtete den goldenen Ring. Sie wirkte zufrieden und erleichtert, so als hätten all ihre Wünsche sich mit diesem Liebesbeweis erfüllt. Vom Glück beseelt, bat sie Vincent aufzustehen. Alina legte ihre Arme um seine Schultern und küsste ihn innig. Vincent musste würgen, als ihre frostige, blauunterlaufene Zunge seinen Mund erforschte. Plötzlich hielt sie inne, sah ihn an und nickte auffordernd. Alina nahm Vincents Hand, drehte sich mit ihm um und machte zwei Schritte nach vorne. Sie standen nun an der Kante des Plateaus. Vincent blickte in einen steinigen Abgrund. Sein Herz begann zu rasen. Ungläubig drehte er sich um. Dicht hinter ihm wartete knurrend der Wolf und fletschte die Zähne.

Alina drückte Vincents Hand ganz fest und gab ihm einen Kuss auf die Wange. Sie war nun am Ende ihrer

Route angelangt. Nur noch ein Schritt und sie hatte das Ziel erreicht. Der Mann ihres Lebens stand wieder an Alinas Seite und so sollte es bis in alle Ewigkeit bleiben.

Vincent sah sie flehend an, dann sprang Alina und Vincent folgte.

***

Die dunklen Wolken rissen auf und wurden wie schwarze Schafe vom Wind vertrieben. Der strahlende Vollmond kam zum Vorschein, ringsum funkelten Sterne. Die Signale des Bösen entwichen aus den Köpfen der Tiere und verflüchtigten sich in den klaren Nachthimmel. Die Natur hatte ihren Seelenfrieden wieder. Weder Teufel noch Mensch sollten jemals etwas daran verändern.

Die dritte Kerze

Der 24. Oktober war für Ronnie von besonderer Bedeutung. Das denkwürdige Datum jährte sich nun zum zwanzigsten Mal. Wie in den letzten zehn Jahren zuvor hatte er sich auf den Weg gemacht, um seine Erinnerungen zu verdrängen, die an diesem Tag besonders schwer wogen. Alkohol, den er heute zu sich nehmen würde, half ihm zu vergessen. Er ertränkte seine kranke Seele. Dieses Ritual gehörte zu Ronnies Vergangenheitsbewältigung. Das ganze Jahr über fasste Ronnie keinen Alkohol an, nur an diesem besagten Tag gab er sich ihm hin. Sein zwanghaftes Vorhaben fiel erneut auf einen Samstag. Auch der schwärzeste Tag in seinem Leben war ein Samstag gewesen. Ronnie hatte wie immer zunächst die Kirche aufgesucht, um in der Spätmesse zu beten. Er fragte Gott nach dem Warum, doch wie zu erwarten, erhielt er keine Antwort. Am Ende der Messe, die Kirche hatte sich bereits geleert, kniete er nieder und sprach ein stilles Gebet. Es war ihm durchaus bewusst, dass seine flehenden Worte nicht erhört werden würden. Seinen Glauben hatte er an jenem grausamen Tag verloren. Trotzdem sprach er sie, bat dem Allmächtigen um Vergebung. Er bereute seine Feigheit. Bevor er das Gotteshaus verließ, entzündete er vor der heiligen Maria zwei Kerzen. Eine für seine Mutter, die andere für Sarah, seine Schwester. Eine dritte Kerze verstaute er in der Jackentasche.

Draußen wehte ihm der kalte Herbstwind ins Gesicht. Ronnie schloss den Reißverschluss seiner Jacke und machte sich auf den Weg in den Ort. Er wurde von der Stammkneipe seines Vaters förmlich angezogen. In ihr hatte sich der Vater fast jeden Abend dem Alkohol unterworfen. Der kristallklare Teufel nahm ihn immer fester in seinen Griff. Fünf Jahre nach Ronnies Geburt sorgte dieser Teufel dafür, dass sich der einst lebensfrohe Ehemann veränderte. Er machte aus ihm einen unterwürfigen Sklaven, der dem gebrannten Gift verfallen war. Der Alkohol bot seinem Vater eine trügerische Zuflucht. Spendete ihm Trost, den er, nachdem er seinen Job verlor, bitter nötig gehabt hatte. Niemand hörte ihn damals so gut zu wie der Teufel im Schnapsglas. Wenn sich das Gift in die Sinne geschlichen hatte, waren die Worte des betrunkenen Vaters für jedermann Gesetz. Niemand traute sich dem zu widersetzen. So lange Ronnies Mutter auf seinen Vater auch einredete, trafen ihre Worte nur auf taube Ohren. Der einst liebevolle Familienvater wurde zum Tyrannen, der im Rausch der Sinne selbst vor Gewalt nicht zurückschreckte. Ein Schlag ins Gesicht war für ihn das überzeugendste Argument, dem man sich fügen sollte. So wie der Alkohol den Vater gefügig gemacht hatte, unterdrückte er jetzt seinerseits die einst geliebte Familie. Besonders Ronnies Mutter hatte unter den unberechenbaren Wutanfällen ihres alkoholisierten Gatten zu leiden. Sie versuchte alles, um die Kinder vor dem ihr fremd gewordenen Mann zu schützen. Dafür hatte sie Dinge getan, die Ronnie nur erahnen konnte.

Wenn seine zwei Jahre jüngere Schwester Sarah ihre Weinkrämpfe bekam, versuchte die Mutter ihr Trost zu spenden, während sie gleichzeitig beruhigend auf ihren Mann einsprach und ihm unsägliche Versprechungen machte. Später hörte Ronnie sie dann im Schlafzimmer weinen. Tränen der Verzweiflung flossen, wenn sie neben ihrem befriedigten Gatten lag, der schnarchend seinen Rausch ausschlief.

Immer wieder versprach Ronnies Vater Besserung. Er wollte mit dem Trinken aufhören und nach neuer Arbeit suchen. Doch der Bund mit dem Teufel war stärker als sein eigener Wille, der mehr und mehr verkümmerte. Er wurde zur Marionette seiner selbst, die von Satan Alkohol an langen Fäden geführt wurde. Die Kontrolle über sich hatte er längst verloren. Sein Verhalten gegenüber der Familie, war kaum zu ertragen gewesen. Eines Tages hatte Ronnies Mutter ihn vor die Wahl gestellt. Entweder er mache einen Entzug, oder sie würde ihn mit den Kindern verlassen.

Am nächsten Abend, dem 24. Oktober vor zwanzig Jahren, übernahm der Teufel vollends die Kontrolle über seinen Vater und es kam zur Eskalation, die im Blut mündete.

Einzig Ronnie, der davongerannt war, überlebte. Die folgenden Jahre verbrachte er im Heim. Er wurde geplagt von Vorwürfen, die ihn bis heute verfolgten. Als Ronnie auf eigenen Beinen im Leben stand, forderte Satan Alkohol auch ihn heraus, doch Ronnie widerstand den Verlockungen, weil er den Kampf auf seine eigene Art führte. Ronnies Gewissen verlangte nach Wiedergutmachung, die er in einer Suchtklinik fand, wo er fortan als Pfleger arbeitete. Er bot dem Teufel die Stirn, half denen, die sich Satan Alkohol genauso unterworfen hatten, wie es auch damals sein Vater getan hatte. Die, die den Willen des Verzichts aufbringen konnten, unterstützte Ronnie mit all ihm zur Verfügung stehenden Mitteln. Viele Male hatte er miterlebt, wie die krankhaft Unterworfenen das teuflische Gift zitternd aus ihren Körpern drängten. Sie schwitzten und erbrachen es aus den geschundenen Leibern. Jeder, der geheilt die Klinik verließ, erleichterte Ronnies Seele.

Nur wenn sich der Tag des Unheils jährte, stellte sich Ronnie dem Teufel persönlich. Er musste ihm tief in die Augen sehen, weil er wissen wollte, was sein Vater gesehen hatte. Er wollte fühlen wie er. Ronnie kannte seine Grenzen, wusste, wann der Punkt erreicht war, an dem der Teufel sich ihn einverleiben würde. Er zeigte Stärke, die sein Vater damals vermissen ließ. Er konnte sich abwenden, wenn der Zeitpunkt gekommen war. Er trotzte der immer wiederkehrenden Versuchung für ein ganzes Jahr lang. Am nächsten Tag war der kristallklare Satan gewichen und Ronnie fühlte sich wieder gut und innerlich gestärkt. Doch diesmal sollte es anders kommen.

Ronnies Heimatort war eine überschaubare Kleinstadt. Seine Wohnung war von der Kirche nur einige hundert Meter entfernt, und nach weiteren fünf Gehminuten hatte er die Gaststätte erreicht. Ronnie holte tief Luft, dann trat er ein. Augenblicklich verstummten die anwesenden Gäste. Vier Männer unterbrachen ihre Skatrunde und sahen zu Ronnie auf, der seine Jacke an der Garderobe aufhängte. Er nickte den Männern freundlich zu, die sich dann gleich wieder auf ihr Kartenspiel konzentrierten. Der Wirt unterbrach sein Gespräch mit dem Gast, der an der Theke saß und schon recht betrunken wirkte. Ronnie kannte den Mann gut, denn er hatte früher mit seinem Vater viel Zeit in der Gaststätte verbracht. Häufig hatte er damals Ronnies Vater nach Hause begleitet, um in der Küche gemeinsam mit ihm weiterzutrinken. Ronnie warf ihm einen verächtlichen Blick zu und setzte sich an die gegenüberliegende Stirnseite des Tresens. Sein angestammter Platz für diesen Abend. Der alte Saufkumpan seines Vaters leerte das vor ihm stehende Bierglas mit einem Zug, klopfte dreimal auf den Tresen, und verließ das Lokal. Nun wandte sich der Wirt an Ronnie.

„Was darf`s sein Ronnie?"

„Ein Gedeck!", antwortete Ronnie, was ein Glas Bier und ein klarer Schnaps bedeutete.

Auch die Skatrunde gab eine Getränkebestellung auf, die den Wirt einstweilen beschäftigte. Ronnie mochte Hennes den Wirt nicht besonders, war er es doch gewesen, der seinen Vater vom rechten Weg abgebracht hatte. Auch er war ein Untertan des Teufels, der reinen Gewissens seinem Beruf nachging, um den

Lebensunterhalt zu verdienen. Der Mann war etwa siebzig Jahre alt und von hagerer Statur. Sein Gesicht und die Halbglatze waren vom vielen Alkoholkonsum stark gerötet. Ronnie konnte nicht verstehen, warum der alte Mann sich nicht zur Ruhe setzte und die Gaststätte aufgab. Vermutlich war auch der Handlanger selbst schon lange den Machenschaften des Teufels verfallen. Hier, an der Quelle des Bösen, konnte er seiner Sucht bedingungslos frönen.

Hennes stellte das Gedeck vor Ronnie ab und machte für jedes Getränk einen Strich auf den runden Bierdeckeln. Ronnie prostete dem Wirt zu und trank zuerst den Schnaps. Er rann brennend die Kehle hinab und breitete sich mit wohliger Wärme in seinem Inneren aus. Ronnie genoss für einen Moment die ihm einnehmende Wirkung des Alkohols, dann nahm er einen kräftigen Schluck Bier, der den beißenden Geschmack von seiner Zunge löste. Ronnie trank das Glas in aller Ruhe aus und bestellte gleich ein neues Gedeck.

Nach etwa zwei Stunden verließen die Männer der Skatrunde fröhlich angetrunken das Lokal. Nun war er mit Hennes allein. Acht Striche zierten seine Deckel, doch er fühlte sich erstaunlicherweise gut. Noch ließ der Schnaps seine Wirkung vermissen.

„Ich möchte den Brenner", sagte er plötzlich zu Hennes. „Das teuflische Zeug, das du selber brennst und meinem Vater eingeflößt hast."

„Ich habe niemals jemand gezwungen etwas zu trinken. Dein Vater wollte den Brenner, ich habe ihn nur ausgeschenkt. Er war nicht der einzige, der hier gesessen und seinen Verstand versoffen hat. Der Brenner, die Spezialität des Hauses, wird von bestimmten Gästen nach wie vor gerne getrunken. Was dein Vater später getan hat, lasse ich mir nicht ankreiden", versuchte Hennes zu argumentieren.

„Ich mache niemanden Vorwürfe, nur mir selbst. Heute ist ein besonderer Tag. Zwanzig Jahre. Ich möchte den Brenner trinken und mit dir anstoßen, Hennes!"

Der Wirt bückte sich unter den Tresen und holte aus dem Kühlfach eine Flasche ohne Etikett hervor. Er schenkte zwei Gläser ein.

„Auf deinen Vater!"

„Für meine Mutter und meine Schwester, mögen ihre Seelen in Ewigkeit ruhen", verbesserte Ronnie den Trinkspruch.

Sie tranken den selbstgebrannten Schnaps auf ex.

Ronnie spülte gleich mit Bier nach, denn das hochprozentige Getränk schien sich förmlich in seine Innereien einzubrennen.

„Mehr trinke ich von dem Zeug nicht", meinte Hennes. „Du musst selber wissen was du tust. Ich überlasse dir die Flasche, wenn es deiner Seele hilft. Trink so viel du möchtest, aber gib mir hinterher nicht die Schuld an deinem Verderben", sagte der Wirt und setzte sich auf die andere Seite des Tresens, wo er dann eine Zigarette anzündete und den Rauch tief inhalierte.

Der Brenner verfehlte seine Wirkung nicht. Er vernebelte Ronnies Sinne mit jedem Glas. Ronnie taumelte geradewegs in die Fänge des kristallklaren Teufels. Seine Gedanken begannen sich zu drehen wie ein Film vor dem inneren Auge. Die Bilder näherten sich unaufhörlich dem Tag von vor zwanzig Jahren. Die vom Alkohol betäubte Zunge wurde zusehends schwerer, er konnte kaum noch Worte formen, wenn er bei Hennes ein neues Bier orderte.

Ronnie musste zwangsläufig öfters die Toilette aufsuchen. Bei jedem Gang versagte das Gleichgewichtsgefühl ein Stück weit mehr. Dennoch fiel sein verschwommener Blick jedes Mal in die offenstehende Küche, an der er auf dem Weg zum WC vorbeikam. Insbesondere sah er wie illusioniert nach dem Messerblock, der auf der Arbeitsplatte stand.

Ronnie hatte die Flasche mit dem Brenner bereits zur Hälfte geleert, als sein vernebelter Verstand auf den Punkt hinwies, den es nicht zu überschreiten galt. Doch der Geist des Brenners verlangte nach mehr. Er wollte Ronnie vollends in eine Welt verführen, die ihm völlig fremd erschien. Eine verdammte Welt, die er noch nie zuvor betreten hatte. Er sollte die Grenze zu einem Zufluchtsort überschreiten, in dem sich der Vater wohlgefühlt hatte. Ronnie stellte sich der Verlockung, der er sich niemals hingeben durfte. Als Ronnie seinen inneren Kampf ausfocht, sah er zu Hennes hinüber. Der erwiderte den Blick mit einem diabolischen Grinsen im Gesicht. Ronnie glaubte zu erkennen, wie Hörner aus der kahlen Stirn des Wirtes wuchsen. Er versuchte das teuflische Bildnis abzuschütteln, was ihm nicht gelang. Ronnie wandte sich ab, stand auf und ging torkelnd zu den Toiletten. Wieder fiel sein Blick in die Küche, auf den Block mit den scharfen Messern.

Er ließ eiskaltes Wasser in seine bebenden Hände laufen, um das Antlitz des gehörnten Wirtes aus seinem Verstand zu spülen. Er blickte unwillkürlich in den Spiegel und erschrak vor seinen blutunterlaufenen Augen. Der Brenner hatte erste Spuren hinterlassen. Wie von Geisterhand verschwamm plötzlich das Spiegelbild und ein neues Szenario tat sich vor ihm auf. Eine weitere Illusion, der er sich nicht entziehen konnte. Dort, wo sich zuvor Ronnies vom Alkohol gezeichnetes Gesicht befunden hatte, formten sich die Konturen eines Raumes. Es wurden Möbelstücke sichtbar, die Ronnie nur zu gut kannte. Seine Mutter betrat den Raum, dann seine kleine Schwester. Sarah trug ein weißes Nachthemd. Dann sah Ronnie sich. Den zehnjährigen Jungen, der einen blau weiß karierten Schlafanzug anhatte, wie an jenem Abend, als das Unheil über sie hereingebrochen war. Sie setzten sich im Wohnzimmer an den Esstisch, um zu Abend zu essen. Die Tür zur Küche war geöffnet. Der Messerblock stand auf der Arbeitsplatte. Die Flurtür wurde plötzlich aufgestoßen und krachte donnernd gegen die Wand. Sein Vater betrat schwer atmend den Raum. In der einen Hand hielt er eine Flasche Brenner, in der anderen, eine Schusswaffe. Er nahm einen Schluck aus der Flasche und schleuderte sie anschließend wutentbrannt gegen die Wand, wo sie splitternd zerbrach. Die Augen des betrunkenen Mannes waren voller Hass weit aufgerissen. Breitbeinig stand der Vater da und hob grinsend die Waffe. Alle am Tisch versammelten sprangen entsetzt auf. Ronnie vernahm aus dem Spiegel die verzweifelten Schreie seiner Liebsten. Sie bohrten sich schmerzhaft in die Ohren. Dann hörte er den ersten Schuss. Er sah, dass sich auf Sarahs Nachthemd ein roter Fleck bildete, und wie sie vornüber zu Boden fiel. Ein zweiter Schuss donnerte aus dem Spiegel. Die Kugel durchfuhr den Hals der Mutter. Ihre Schreie erstickten in einem grausamen Gurgeln, ehe sie blutüberströmt niedersank. Ronnie sah, wie der kleine Ronnie weglief. Er rannte in die Küche zu den Messern. Ein weiterer Schuss erschallte. Die Kugel verfehlte den kleinen Ronnie um Haaresbreite und zersplitterte den Türrahmen. Wie im Rausch, sah sich Ronnie rennen. Sah die Messer. Während das Trugbild im Spiegel allmählich seine Konturen verlor, fiel ein letzter Schuss. Graue Schleier zogen auf, dann wurde das grausame Spiegelbild in ein tiefes Schwarz gehüllt. Die trügerische Dunkelheit sog Ronnie förmlich auf, trug seine traumatisierten Sinne in eine fremde Welt. Im Geiste rannte Ronnie weiter. Rannte zu den Messern.

Ronnie erwachte, als das Telefon klingelte. Benommen rappelte er sich auf. Nur langsam setzte seine Wahrnehmung wieder ein. Einzig der Schein der Straßenbeleuchtung erhellte den Raum, in dem er sich befand. Ronnie versuchte das Telefon zu orten. Er bemerkte, wie er vollständig bekleidet auf einem Bett lag. Ihm wurde nach und nach bewusst, dass er sich in seiner Wohnung befand. Der Klingelton dröhnte weiter in seinen Ohren wie ein Dampfhammer. Der Kopf wog schwer, schmerzte pochend. Ronnie setzte sich langsam im Bett auf, was sein geschundenes Haupt mit noch mehr Schmerzen honorierte. Das Telefon lag auf dem Schreibtisch und schellte unaufhörlich weiter. Ronnie tastete nach der Nachtischlampe und knipste sie an. Das Licht blendete seine Augen, sodass er schützend eine Hand davorlegte. Ronnie stand mit wackligen Knien auf und schwankte unsicheren Schrittes auf den Schreibtisch zu. Er griff nach dem Hörer und nahm ab. Die Stimme am anderen Ende der Leitung erkannte er sofort. Vor lauter Schreck legte Ronnie gleich wieder auf. Entsetzt sah er auf seine blutverschmierte Hand, die den Hörer hielt. Angewidert ließ er das Telefon zu Boden fallen. Auch die andere Hand war mit geronnenem Blut bedeckt, welches seine Finger verklebte. Er rieb sich die Hände, um die Finger voneinander zu lösen. Verkrustetes Blut rieselte zu Boden. Furchtbare Gedanken durchströmten seinen Kopf, der nun zu zerplatzen drohte.

Wieder klingelte das Telefon.

Ronnie hielt sich verzweifelt die Ohren zu, wobei er wie von Sinnen den Raum durchschritt. Wirre Gedankengänge keimten auf. Wurde er erneut auf die Probe gestellt? Unterzog der Teufel ihm wieder einer grausamen Illusion? Ronnie schlug sich mit der Faust gegen die Stirn, so, als wolle er den Rausch des Wahnsinns aus seinem Schädel vertreiben, doch er wurde vom Telefon magisch angezogen. Zögerlich bückte sich Ronnie und nahm mit zitternder Hand ab.

„Was hast du getan Junge?", fragte die Stimme, von der Ronnie gehofft hatte, sie nie mehr hören zu müssen.

„Wer, wer bist du?", stotterte Ronnie trotzdem fragend, in der Hoffnung seine vernebelten Sinne würden ihn täuschen.

„Dein, von dir verfluchter Vater."

„Wie kann das sein? Du bist tot!"

„Ja, gelenkt und gestorben durch die Hand eines anderen, doch deine heutige Tat hat uns aus dem Jenseits geholt. Du bist Satan Alkohol gefolgt, hast seine Grenzen bei weitem überschritten und uns unseren Seelenfrieden genommen. Nun verlangt er nach Vergeltung und nur wir können dir den rechten Weg aufzeigen, auf dem du Buse zu tragen hast, damit unsere Familie wieder eins werden kann. Ich verlange von dir - wir verlangen von dir, dass du an den Ort des Geschehens zurückkehrst und Reue zeigst!"

„Ich habe nichts Unrechtes getan!"

„Oh doch mein Sohn, das hast du. So wie ich dem Bösen gefolgt bin, bist auch du ihm heute Nacht verfallen", ließ die Geisterstimme verlauten.

„Ich kann nicht glauben, was du sagst. Mein Vater liegt seit zwanzig Jahren begraben unter der Erde", zweifelte Ronnie die Worte der Stimme an.

„Komm zu uns und du wirst glauben!"

„Wohin soll ich gehen?"

„Wir erwarten dich in Hennes Gaststätte. Benutze die Hintertür, durch die du nach deiner unrühmlichen Tat geflohen bist!", sagte die tiefklingende Stimme am anderen Ende der Leitung und legte auf.

Ronnie war dem Wahnsinn nahe. Er glaubte, den Verstand verloren zu haben. Der Brenner hatte sein Hirn zu einem Trümmerhaufen verkommen lassen. Die Erinnerungen waren mit dem Spiegelbild der Vergangenheit erloschen, sein reales Denkvermögen dem Geist des Alkohols gewichen. Er hatte gerade mit seinem toten Vater telefoniert. Mit dem Mann, der seine Mutter und Schwester erschossen hatte. Der Mann, der sich anschließend selber eine Kugel in den Kopf gejagt hatte, nachdem Ronnie durch die Küche zur Hintertür hinaus entkommen war.

Wie konnte das sein? Wie war das Blut an seine Hände gekommen? Was hatte sich in der Kneipe zugetragen und was würde ihn dort erwarten? Ronnie brauchte Klarheit, dazu musste er, wie von seinem Vater verlangt, an den Ort des Geschehens zurückkehren.

Zunächst ging er ins Bad und wusch die blutverkrusteten Hände. Sein Spiegelbild zeigte ihm, dass er auch Blutspritzer im Gesicht hatte. Er entfernte sie mit Seife und ließ anschließend kaltes Wasser über seinen pochenden Kopf laufen, in der Hoffnung, die Schmerzen würden abklingen und sein Verstand zurückkehren. Keines von beiden traf ein. Er blickte erneut in den Wandspiegel. Er schien um Jahre gealtert. Dunkle Ränder lagen in tiefen Furchen unter seinen eingefallenen Augen, die ihn voller Panik entgegenblickten. Ronnie glaubte, sich in einem Alptraum zu befinden, der unwirkliche Bilder in seinen Kopf projektierte. Vermutlich lag er nun in Wirklichkeit im Bett und schlief seinen Rausch aus. Wenn dieser verflogen war, würden sich auch die Bilder und Stimmen verflüchtigen. Von dem, was er momentan erlebte, würden nicht einmal Erinnerungen zurückbleiben. Träume vergisst man. Dennoch brauchte er Gewissheit und folgte den Anweisungen seines verstorben Vaters. Er musste den Traum zu Ende träumen.

Die Hintertür der Gaststätte war nicht verschlossen. Ronnie gelangte in die Küche, wo er sein Augenmerk gleich auf den Messerblock legte. Ein Messer fehlte. Ronnie zog ein weiteres aus dem Holzschacht und näherte sich mit unbehaglichen Gefühlen dem Gastraum. Ihm stand kalter Schweiß auf der Stirn und sein Magen zog sich krampfhaft zusammen. Gedämpftes Licht fiel durch den offenen Türspalt. Er schob die dunkel gebeizte Tür vorsichtig mit dem Fuß auf. Ronnie stand nun da, wo er zuvor den ganzen Abend verbracht hatte. Vor ihm lagen die von vielen Strichen gezierten Deckel, daneben stand die Flasche mit dem selbstgebrannten Schnaps. Sie war leer. Ronnie hob seinen Blick und schnappte vor Entsetzen nach Luft. Auf der anderen Seite der Theke saß Hennes auf einem Barhocker. Er lehnte mit dem Rücken an einen Holzpfeiler. Der Mund des Wirtes war geöffnet, so, als würde er ringend nach Luft schnappen wollen. Eine Fliege hatte sich auf den spröden Lippen niedergelassen und krabbelte in den offenen Schlund. Entsetzlich weit aufgerissene Augen starrten Ronnie vorwurfsvoll an. Aus seiner durchschnittenen Kehle war Blut über den hellen Pullover gelaufen und hatte sich über den Hockerrand bis zum Boden verteilt. Zersplittertes Glas lag vor seinen Füßen und weitere zerbrochene Gläser auf dem Tresen. Die Spuren eines Kampfes waren unverkennbar. Ronnie musste würgen, wobei er das Messer in seiner Hand fest umklammerte. Plötzlich tauchte hinter dem toten Wirt eine Gestalt auf. Ronnie übergab sich auf dem Holzfußboden. Als er wieder aufsah, näherte sich die Gestalt. Das Gesicht war aschgrau. Mitten auf der Stirn prangte ein kleines dunkles Loch. Graues, strähniges Haar, schien mit dem Schädel verklebt zu sein. Die verschmutzte Kleidung hing in Fetzen am dürren Leib. Der Geruch von Fäulnis und Verwesung schwebte wie eine unsichtbare Wolke durch den Raum und forderte Ronnies Magen erneut heraus. Tote Augen mit milchigem Schleier blickten Ronnie an. Die blutleeren Lippen der Gestalt öffneten sich und legten gelbe Zahnstummel frei.

„Schön, dich wiederzusehen mein Sohn", sagte der Mann aus dem Jenseits mit tiefer Stimme, „nur die Umstände unseres Wiedersehens missfallen mir. Warum, frage ich dich. Warum hast du meinen alten Freund Hennes umgebracht? Warum hast du ihm mit diesem Messer die Kehle durchgeschnitten?", fragte

Ronnies Vater und streckte ihm dabei ein Messer mit blutiger Klinge entgegen.

„Du hast es getan, nicht ich", schrie Ronnie, dabei trat er einen Schritt nach vorne und rammte seinem Vater unvermittelt die scharfe Klinge des Messers in den Bauch.

Ronnie ließ den Griff los und wich verstört zurück. Der Vater blickte auf den hölzernen Schaft, der aus seinem Bauch herausragte und lachte schallend. Ronnie näherte sich erneut dem Wahnsinn, wollte davonrennen, doch etwas hielt ihn davon ab.

„Damals warst du feige, bist vor mir geflohen wie ein räudiger Hund, jetzt, wo es zu spät ist, versuchst du mich umzubringen", höhnte der Untote.

„Ich war noch ein Kind! Derjenige, der feige und hinterhältig gemordet hat, warst du. Warum?", fragte Ronnie verzweifelt.

„Man hat es mir befohlen. Ich stand unter dem Einfluss des Bösen und wurde getäuscht. Seit ich dem Satan Alkohol verfallen war, bestand mein Leben nur noch aus Täuschung und Enttäuschung. Dem musste ich ein Ende bereiten. Was hätte ich zurückgelassen, wenn ich alleine gegangen wäre? Warst du etwa stolz auf deinen versoffenen Vater? Bestimmt nicht, du bist von mir enttäuscht gewesen! Dein ganzes Leben lang hast du dich von der Angst leiten lassen, genauso zu versagen wie dein Vater. Selbstzweifel haben an dir genagt wie ausgehungerte Ratten. Du warst enttäuscht und hofftest, nicht so enden zu müssen wie ich. Deine Verzweiflung führte dich zu ihm. Satan Alkohol hat auch dich fest in seine Hand. Wärst du damals nicht geflohen, hätte ich auch dich vor dieser Pein bewahren können. Du bist mir entkommen aber nicht der Vergangenheit. Sieh dich an! Was ist aus dir geworden? Wie ich, ein Mörder unter dem Einfluss des Satans. Du bist wie ich, wie ich…."

Es folgte verächtliches Gelächter.

„Sei still!"

Der Vater sprach gefasst weiter: „Du hast einen der Wirte des Teufels getötet und damit alles nur noch schlimmer gemacht. Unsere Seelen sind mit deiner schrecklichen Tat geweckt worden. Es gibt nur einen Weg, auf dem wir unseren Frieden wiederfinden können."

„Und welcher Weg wäre das?"

„Entzünde die dritte Kerze! Entflamme ein Fegefeuer, zeige Reue, damit unsere Sünden geläutert werden", erklärte Ronnies Vater aus dem Jenseits.

„Die dritte Kerze? Was hat es damit auf sich?", wollte Ronnie wissen.

„Die ersten beiden Kerzen hast du angezündet, um deiner Mutter und Sarah zu gedenken. Die dritte Kerze hast du immer vergraben, um mich zu vergessen, was dir bis heute nicht gelungen ist. Die letzte der dritten Kerzen steckt in deiner Jackentasche. Sie ist frei von jeder Last und wird ihren Zweck erfüllen", antwortete der Mann mit dem Loch im Kopf.

„Papa hat Recht, Ronnie. Tu was er sagt. Ich möchte nicht an den dunklen Ort zurück!", sagte plötzlich eine Mädchenstimme.

Ronnie sah nach links. Am Tisch, wo zuvor die Männer Karten gespielt hatten, saß Sarah und sah ihn mit traurigen, leeren Augen an. Sie trug noch das weiße Nachtkleid mit dem roten Fleck auf der Brust. Neben Sarah saß Ronnies Mutter. An ihrem Hals befand sich eine klaffende dunkle Wunde. Sie legte ihren knochigen Arm um Sarah und blickte Ronnie flehend an.

„Bitte!", wiederholte das kleine Mädchen. Ronnies Mutter nickte zustimmend.

„Mach es ihnen zu Liebe", forderte der Vater Ronnie auf. „Ich werde dir behilflich sein."

Der Mann zog das Messer aus seinem Bauch, legte es auf die Theke ab, und ging mit schleppenden Schritten an Ronnie vorbei in die Küche. Ronnie sah ihm nach, wobei er auf einen zersplitterten offenen Hinterkopf blickte. Nach wenigen Sekunden kam Ronnies Vater zurück. In den dürren Händen trug er vier Flaschen Brenner.

„Ich werde den Hort des Bösen mit dem Gift des Satans tränken", sagte er.

Der Vater, der Ronnies Leben zerstört hatte, verteilte den hochprozentigen Alkohol im gesamten Lokal. Er schüttete ihn auf den Boden und auf den Tisch, wo seine Frau und Tochter saßen, anschließend übergoss er Hennes Leichnam mit dem Brenner. Die letzte Flasche entleerte er über den Tresen. Der stechende Geruch des Alkohols vertrieb die unsichtbare, modrige Wolke des Todes. Die Gestalt aus den Tiefen der Verdammnis kam zielstrebig auf Ronnie zu und hielt ihm mit seiner bleichen, knochigen Hand ein Feuerzeug entgegen.

„Entfache das Fegefeuer mein Sohn!"

Ronnie musste den Alptraum endlich beenden. Er wollte aufwachen, die verdammte Welt verlassen, und so schnell wie möglich vergessen. Er nahm das Feuerzeug, um die Bilder in seinem Kopf zu verbrennen. Ronnie holte die dritte Kerze aus seiner Jackentasche und zündete sie an.

Im Schatten der Feder: Teil 1 - Reue

Die Feder

Er wollte eine Geschichte schreiben. Es sollte seine letzte, mit Blut geschriebene Geschichte werden. Gerold Weller, ein unscheinbarer Mann mittleren Alters, hatte lange darüber nachgedacht, ob er sie schreiben sollte oder nicht. Nun waren die Würfel gefallen und es gab kein Zurück mehr. Er glaubte, die Feder habe die Entscheidung für ihn getroffen. Sie wollte die Geschichte schreiben.

Argwöhnisch betrachtete er die Schreibfeder, die er vor über zehn Jahren erworben hatte. Die Feder erstrahlte in einem jungfräulichen Weiß, als wäre sie der Gans am frühen Morgen aus dem Flügel gezogen worden. Dabei musste sie hunderte von Jahren alt sein. Der Kiel war fest in einem Holzröhrchen verankert. Der hölzerne Schaft diente als Federhalter und wies feine Schnitzereien in unterschiedlichster Form auf. Im Wechsel verliehen zackige und geschwungene Linien dem Federhalter eine griffige Struktur, sodass er gut zwischen den Fingern lag. Eine Kugelspitzfeder aus Metall steckte passgenau im unteren Ende des Halters. Die Schreibfeder lag auf einer kleinen Schale, die aus dem gleichen Holz geschnitzt zu sein schien wie das Röhrchen. Auch hier verteilten sich schwungvoll geformte Verzierungen. Am linken Rand der Schale war eine Mulde eingelassen, in der sich ein Tintenfass aus

Speckstein befand. Farblich unterschied sich das kleine Fässchen kaum vom Holz der Schale. Beides ergab eine fließende Einheit.

In dem Tintenfass war keine Tinte, sondern Blut. Das Blut seiner geliebten Frau Nadine.

Weller hatte alle Vorkehrungen getroffen, die er für seine Geschichte benötigte. Der Laptop war geöffnet und die Übertragung vermittelte ein gutes Bild. Imprägniertes Papier lag zu seiner Rechten. Immer wenn er mit Blut schrieb, benutzte er dieses spezielle Papier. Die Trocknung dauerte zwar etwas länger, doch die Schrift verlief nicht so stark wie auf normalem Schreibpapier. Weller nahm ein Blatt und legte es vor sich ab. Er wollte zunächst überprüfen, ob das Blut die richtige Konsistenz hatte. Es durfte nicht zu dünn, aber auch nicht zu dickflüssig sein. Mit leicht zitternder Hand nahm er die Schreibfeder von der Schale und öffnete das Tintenfass indem er den mit Kork untersetzten Deckel abnahm. Er tauchte die Metallfeder vorsichtig ein und streifte die nun rote Spitze auf einem weichen Baumwolltuch ab. Ein roter Blutfleck zierte jetzt das helle Tuch.

Gerold Weller tauchte die Feder erneut ein und hielt sie anschließend über das leicht glänzende Blatt Papier. Er wollte die Feder gerade aufsetzen, als wieder der alte Mann mit dem hässlich entstellten Gesicht auf der noch leeren weißen Seite erschien.

Immer wenn er mit der geheimnisumwobenen Feder eine neue Blutgeschichte schreiben wollte, zeigte sich der alte Mann vom Flohmarkt auf der ersten Seite und hob mahnend seinen Finger. Im Hintergrund konnte man ein Maisfeld erkennen. Der betagte Mann trug nicht den Filzhut, den er damals getragen hatte, damit Weller nun seinen komplett von Brandwunden vernarbten Schädel sehen konnte. Die verbrannte Haut bot keinerlei Nährboden für Haare, selbst Augenbrauen waren nicht vorhanden. Da, wo sein linkes Ohr hätte sich befinden müssen, zeichnete sich nur noch eine spiralförmige Mulde ab, in deren Mitte man ein angedeutetes Loch erkennen konnte. Das rechte Ohr war oberhalb des Gehörganges zu einem unförmigen Knorpel verschmolzen. Seine Nase sah aus, als wäre die Nasenspitze abgeschnitten worden. Auf der linken Gesichtshälfte befand sich nichts mehr an geordneter Stelle. Auge und Mundwinkel hingen im Vergleich zur rechten Seite schräg nach unten herab. Ein Gesicht, das allein schon beim Betrachten Unbehagen auslöste.

Weller sah die Erscheinung traumatisiert an, als sich ein großer Blutstropfen von der Feder löste und genau auf das Gesicht des alten Mannes platschte. Der Kopf, schien jetzt ein einziger Blutfleck zu sein. Es sah aus, als würde die rote Flüssigkeit direkt aus dem Hals sprudeln. Dann verschwand das Bild des Grauens und Weller starrte auf ein leeres Blatt Papier, wo sich Nadines Lebenssaft trotz der Imprägnierung langsam ausbreitete.

Aus seiner Schockstarre erwacht, legte Weller die Feder zurück auf die Holzschale. Er hatte geahnt, dass er den Mann vom Flohmarkt sehen würde, erschrak aber dennoch, als er wirklich erschien. Weller sah zum Bildschirm hinüber und erkannte, dass er noch Zeit hatte. Noch befand sich niemand in dem Blockhaus. Er betrachtete die Feder, von der er wusste, dass sie ein dunkles Geheimnis in sich trug. Der mysteriöse Mann hatte ihn davor gewarnt.

Gerold Weller dachte an den alten Mann vom Flohmarkt und an den Tag, als er ihn kennengelernt hatte.

Dieser Tag lag nun etwa zehn Jahre zurück, eine Zeit, in der Weller in einer tiefen Krise steckte. Er war damals in Nadine verliebt gewesen, doch sie würdigte ihn keines Blickes.

So fuhr er an jenem Sonntagnachmittag mit seinem alten Golf ziellos über die Lande und schwelgte in Gedanken. Es war heiß und Weller schwitzte, denn sein alter Wagen hatte keine Klimaanlage. Das T-Shirt klebte bereits an seinem schmächtigen Oberkörper. Er fuhr gerade durch einen kleinen Ort, als sein Blick auf eine geöffnete Eisdiele fiel. Gerold parkte den Golf direkt vor dem Eiscafé am Straßenrand. Zielstrebig ging er hinein und bestellte sich ein großes Eis. In dem Eiscafé sorgte eine Klimaanlage für eine angenehme Temperatur. Wohltuende kühle Luft verteilte sich im Gastraum. Wellers Blick fiel auf ein Plakat, welches auf einen Flohmarkt hinwies. Es stand das Datum vom Tage auf dem Plakat, zudem wurde als Standort der alte Sportplatz benannt. Weller erkundigte sich beim Eisverkäufer nach dem Weg dorthin. Da er sowieso nichts Besseres vorhatte, ging er zu Fuß zum Sportplatz.

Der Platz lag etwas außerhalb vom Ort. Gerold vernahm schon von weitem den Geruch von frisch gegrilltem Fleisch. Hunger verspürte er momentan jedoch nicht. Das kühle Eis hatte ihn nicht nur erfrischt, sondern auch gesättigt. Das Erste, was Gerold sah als er den Platz betrat, war ein Bierstand, in dessen unmittelbarer Nähe auch der Grill stand. Beides wurde von vielen Besuchern belagert. Alle Leute schienen sich untereinander zu kennen. Fast jeder war in Gesprächen verwickelt, dabei wurde viel gelacht. Der Flohmarkt glich einem Volksfest. Weller kehrte dem bunten Treiben den Rücken und setzte seinen Gang fort. Je weiter er auf den Platz kam, umso mehr wurde aus dem Volksfest ein Trödelmarkt.

Viele kleine Stände verteilten sich auf einem Fußballfeld. Es gab kein erkennbares System, die Stände füllten ungeordnet den ganzen Platz aus. Kinder verkauften ihre alten Spielsachen, die sie wahrscheinlich nicht mehr benötigten, weil sie auf elektronische Spiele umgestiegen waren. Es gab aber auch Stände mit wirklichem Trödel. Meist betagtere Menschen priesen alten Schmuck und Porzellan, sowie Bücher und Stoffe an. Ein Stand hatte sogar antiquarische Möbel, wie Stühle und Beistelltische ausgestellt. Weller sah sich nur um. Er hatte nicht vor, etwas zu kaufen. Er hatte fast den ganzen Platz überquert, als er an einen Stand kam, wo alles Mögliche auf einem Tapeziertisch verteilt lag. Der Stand befand sich ganz am Ende des Platzes, da wo eigentlich die Eckfahne hätte stehen müssen. Ein Pkw mit Anhänger stand etwas abseits vom Tisch, doch niemand war zu sehen. Weller sah sich die Dinge an, die auf dem Tisch lagen. Sein Blick fiel gleich auf eine weiße Schreibfeder, die dekorativ auf einer dunklen Holzschale lag. Sie faszinierte ihn sofort. Auf sonderbare Weise zog sie Weller in ihren Bann. Weller konnte sich ihrer magischen Ausstrahlung nicht entziehen. Er beugte sich über den Tisch und wollte sie gerade in die Hand nehmen, als der alte Mann hinter dem Anhänger hervor kam.

„Kann ich Ihnen behilflich sein?"

Weller sah auf und erschrak im ersten Moment, sodass es ihm anfangs die Sprache verschlug. Der Mann trug trotz des warmen Wetters einen Rollkragenpullover und er hatte einen grauen Filzhut auf dem Kopf. Auf den zweiten Blick erkannte Weller auch warum. Sein Gesicht war schlimm entstellt. Alles, was Weller trotz des tief im Gesicht sitzenden Hutes sehen konnte, sah irgendwie unförmig aus. Der Hut saß nur auf einem Ohr und die Wangen waren rötlich vernarbt. Weller erwachte aus seiner anfänglichen Lethargie als der alte Mann weitersprach.

„Ein sehr schönes Stück, liegt gut in der Hand und hat nach wie vor ein sehr schönes Schriftbild."

„Was soll sie denn kosten?", fragte Weller.

„Das kann ich Ihnen nicht sagen, den Preis müssen Sie mir nennen!"

„Warum?"

„Auch das kann ich Ihnen nicht sagen, junger Mann, aber wenn Sie wirklich an der Feder interessiert sind, sollten Sie mehr über sie erfahren. Haben Sie denn Interesse?"

„Ja", antwortete Weller wie aus der Pistole geschossen, „sehr sogar."

„Haben Sie Durst? Ich hätte ein kühles Bier für uns wenn Sie mögen."

Weller stimmte zu und ging mit dem alten Mann hinter den Wagen. Hier standen zwei Klappstühle und auf einem der Stühle lag eine Kühltasche. Der Mann nahm die Tasche vom Stuhl und bat Gerold sich zu setzen. Dann setzte er sich selber auf den zweiten Stuhl und öffnete die Tasche. Er entnahm eine Flasche, öffnete sie mit einem Feuerzeug und reichte sie Gerold. Dann machte er für sich eine Flasche auf und stieß mit Gerold an. Das kühle Bier schmeckte bei dem warmen Wetter hervorragend. Die beiden Männer saßen nebeneinander, sodass Weller dem Mann nicht direkt ins Gesicht schauen musste, worüber er froh war. Sie blickten auf ein riesiges Maisfeld, das sich bis zum Horizont zu erstrecken schien. Ein lauer Sommerwind wehte über das Feld und erzeugte ein beklemmendes Rauschen.

„Ich muss Ihnen eine Geschichte zu der Feder erzählen bevor Sie sie mitnehmen", sagte der alte Mann plötzlich. „Sie birgt ein dunkles Geheimnis in sich und davon sollten Sie wissen."

Er hörte sich an, als würde er mit vollem Mund sprechen. Wahrscheinlich war auch seine Zunge verstümmelt, vermutete Weller und der Gedanke ließ ihn erschaudern.

„Die Schreibfeder ist ein altes Familienerbstück. Die eigentliche Feder stammt von einer Gans und ist bestimmt mehrere hundert Jahre alt, höchstwahrscheinlich noch viel älter. Ich kann es Ihnen nicht genau sagen, denn den Ursprung der Feder kenne ich nicht. Ich weiß, sie sieht aus wie neu, jedoch kann ich mit Sicherheit bezeugen, dass sie schon mein Ururgroßvater besessen hatte. Damals wurde mit dem Kiel der Feder geschrieben, aber dieser ist bereits mehrfach geschnitten worden, weshalb die Feder einiges an Länge eingebüßt hat. Mein Großvater hatte sie im ersten Weltkrieg bei sich gehabt und mit ihr sein Tagebuch geschrieben. Ein überlebender Kamerad brachte sie unversehrt zurück und berichtete, dass mein Großvater, kurz bevor er gefallen war, einen letzten Eintrag in das Tagebuch geschrieben hatte. Er hätte ihm das Buch und die Feder wortlos überreicht und wäre dann ohne Waffe hinaus aufs offene Feld gelaufen. Einfach so, ohne jeden Grund, ohne in Not zu sein. Sekunden später sei er im Kugelhagel des Feindes gestorben. Völlig sinnlos. Das Tagebuch hätte der Kamerad verloren gebracht. Keiner weiß, was mein Großvater zuletzt geschrieben hatte."

Weller nahm ein Schluck Bier und hörte weiter zu.

„Auch mein Vater war von der Feder fasziniert gewesen, geschrieben hatte er aber nur einmal mit ihr. Er war Tischlermeister und führte seinen eigenen Betrieb. Das Handwerk florierte damals, uns ging es dementsprechend gut. An regnerischen Wochenenden schnitzte er an dem Federhalter. Der Kiel der Feder war mittlerweile so kurz, dass man ihn zum Schreiben nicht weiter kürzen konnte. Er gab sich mit den Schnitzereien viel Mühe. Als er mit dem Ergebnis zufrieden war, fing er an, die Schale zu schnitzen. Dazu benötigte er noch mehr Zeit. Ich glaube alles in allem dauerte es fast zwei Jahre bis er fertig war. Er kaufte das Tintenfass aus Speckstein und fertigte zum Schluss die dazu passende Mulde in der Schale an. Ebenso besorgte er die Kugelspitzfeder aus hochwertigem Metall und montierte sie passgenau in den Federhalter. Am Tag bevor er starb, klebte er die Feder mit einem speziellen Harz in den Halter. In der darauffolgenden Nacht schrieb er mit der verfluchten Feder seinen Abschiedsbrief. Es handelte sich dabei eigentlich nur um einen einzigen Satz.

Ich schneide mir die Pulsadern auf!

Er hatte den Satz mit seinem eigenen Blut geschrieben und sich dann die Pulsadern aufgeschnitten. Ich vermute, die Feder hatte sich dafür gerächt, dass mein Vater sie in diesen Halter aus Holz gezwängt hatte. Seine liebevolle Arbeit brachte ihm den Tod ein."

Der Mann machte eine Pause. „Ich bekomme schnell einen trockenen Hals wenn ich so viel rede, mein Gaumen ist ein wenig geschrumpft müssen Sie wissen. Möchten Sie auch noch ein Bier?"

„Nein danke, ich bin mit dem Auto unterwegs", lehnte Weller das Angebot dankend ab.

Er sah aufs Maisfeld hinaus und beobachtete, wie sich die Pflanzen leicht im Wind hin und her wogen, als würden sie ungeduldig darauf warten, dass der alte Mann mit seiner Geschichte fortfuhr.

Er tat ihnen den Gefallen, nachdem er einen kräftigen Schluck aus seiner Flasche genommen hatte.

„Nach der Beerdigung verstaute meine Mutter die Feder in unsere Glasvitrine und beachtete sie nicht weiter. Ich aber fühlte mich zu ihr hingezogen. Ich war wütend auf diese verfluchte Schreibfeder. So öffnete ich einige Tage nach dem Tod meines Vaters die Vitrine mit dem festen Vorsatz, die Feder zu zerstören, zumindest wollte ich ihr etwas antun. Ich nahm sie in die Hand und versuchte sie aus dem Federhalter zu ziehen. Ein unmögliches Unterfangen wie sich herausstellte. Die Gänsefeder war so fest durch den Harz mit dem Holz verankert, dass ich sie nicht heraus bekam. Ich wurde noch wütender und knickte das obere Ende der Feder zur Seite. So unförmig wie sie nun aussah, legte ich sie zurück in die Vitrine und schloss die Tür. Ich hatte sie zumindest verletzt und das stimmte mich zufrieden.

Am nächsten Morgen sah ich sie mir wieder an und musste erschrocken feststellen, wie die Feder unversehrt an ihrem Platz lag. Der von mir verbogene Kiel war auf wundersame Weise wieder gerade. Ich hingegen fiel am Abend von der Treppe und brach mir ein Bein. Der Fluch der Feder hatte mich bestraft.

Die Jahre vergingen und ich vergaß die Feder fast völlig. Oder aber sie hatte mich vergessen, jedenfalls ließ sie mich für eine gewisse Zeit in Frieden. Meine Mutter verbarg sie nach meinem Beinbruch in einer Schublade.

Als sie starb und gerade unter der Erde lag, suchte ich nach der Feder. Ich musste sie in Händen halten. Ich war der einzige noch lebende Erbe der Familie und irgendetwas zwang mich, nach der Feder zu suchen. Vermutlich die Feder selbst. Ihre Magie zog mich an wie ein Magnet. Sie hatte schon zu lange im Verborgenen gelegen und strebte wieder nach Beachtung. Als ich sie gefunden hatte, stellte ich sie auf den Schreibtisch, mitsamt Schale und Tintenfass. In mir breitete sich wieder Zufriedenheit aus. Ich fühlte mich geborgen wenn ich sie auf dem Schreibtisch sah.

Ich nahm sie aber über Jahre hinweg nicht in die Hand. Ich verspürte keinen Drang und sie verlangte auch nicht nach mir, noch nicht. Sie hatte ihren Seelenfrieden und ich den meinen. Ich führte die Tischlerei meines Vaters weiter und machte die Schreibarbeit entweder mit einem Kugelschreiber oder der Schreibmaschine.

Ich war derzeit bei der freiwilligen Feuerwehr des Ortes und schrieb dort die Einsatzberichte. Später machte ich das nur noch ehrenamtlich von Zuhause aus. Ich bezog nun meine Rente und hatte die Firma verkauft. Als ich meine wohlverdiente Ruhe hatte, zog mich die Feder wieder in ihren Bann. Sie erwachte aus ihrem enthaltsamen Dasein und wurde wieder aktiv. Ich fing an, mit ihr zu schreiben, ohne dass ich weiter darüber nachdachte. Ich kaufte Tinte und schrieb mit der Feder die Einsatzberichte der Feuerwehr, so wie sie mir zugetragen wurden. Die Metallfeder brachte immer noch ein schönes Schriftbild aufs Papier. Sie ist bis dato auch kaum benutzt worden. Meine Kameraden belächelten mich, weil ich mir mit den Berichten solche Mühe gab, wo es doch mittlerweile Computer gab. Aber mein Traditionsbewusstsein fanden sie dennoch löblich. Es hatte aber nichts mit Tradition zu tun weswegen ich die Berichte mit der Feder schrieb. Ich ging nicht zur Feder, verstehen Sie? Die Feder kam zu mir und führte meine Hand. Ich dachte beim Schreiben kaum nach, machte mir keine Gedanken über die Rechtschreibung, meine Hand und die Feder ergaben eine Einheit. Sie flog nur so über das Papier und schrieb meine Gedanken auf."

Wieder machte der alte Mann eine Pause und trank. Seine Stimme wurde immer undeutlicher, so als hätte die Zunge nicht genügend Platz, um sich frei entfalten zu können. Der linke Mundwinkel zog sich beim Sprechen immer weiter nach unten. Wellers Blick fiel auf die Hände des Mannes, deren Haut Pergament ähnelte. Beide kleinen Finger waren kaum noch vorhanden, nur verkümmerte Stummel ragten aus dem Handknochen.

„Haben Sie noch ein bisschen Zeit?", fragte der alte Mann.

„Ich habe durchaus noch Zeit", erwiderte Weller, der neugierig auf den Fortgang der Geschichte war.

Dann begann der Mann wieder zu erzählen.

„Eines Tages kam es im Ort zu einem besonders schlimmen Brand. Es stellte sich später heraus, dass es sich um Brandstiftung gehandelt hatte. Ein

Einfamilienhaus brannte völlig nieder. Die Mutter und ihre zwei kleinen Kinder kamen dabei ums Leben. Als das Feuer ausbrach, arbeitete der Familienvater in der Nachtschicht. Ich war auch vor Ort, obwohl ich nicht mehr zum Einsatzteam zählte. Ich habe die Schreie der Kinder gehört, ich höre sie immer noch, auch mit nur einem Ohr. Alle Rettungsversuche misslangen. Ich musste anschließend den Bericht über die Tragödie schreiben und zum ersten Mal fiel es mir schwer, die richtigen Worte zu finden. Ich war wie blockiert, nicht aber die Feder, sie schrieb jedes grauenhafte Detail voller Leidenschaft auf. Ich las die Worte, die sie fein säuberlich zu Papier gebracht hatte und schämte mich der grausamen Wortwahl. Angewidert schleuderte ich die Feder in die hinterste Ecke des Raumes. Den fertig geschriebenen Bericht zerriss ich und warf ihn in den Papierkorb."

Der alte Mann musste mehrmals schlucken bevor er weiter sprach.

„Wie aus dem Nichts, fing der Papierkorb an zu brennen. Eine Selbstentzündung, die ich nicht erklären kann. Das Feuer breitete sich blitzartig aus. Ich habe versuchte es mit einer Decke, die ich schnell zur Hand hatte, zu ersticken, aber die Flammen hatten bereits solche Ausmaße angenommen, dass ich keine Chance hatte. Ich rannte zur Zimmertür, um aus dem Raum zu entkommen, doch sie klemmte. Ich stemmte mich mit aller Kraft gegen die Tür, versuchte sie mit einem Stuhl einzuschlagen, alles zwecklos. Ich war in dem brennenden Raum gefangen. Ein Fenster gab es nicht und der Rauch nahm immens zu. Ich rammte noch einmal mit meiner Schulter gegen die Tür, dann wurde ich ohnmächtig.

Zwei meiner Feuerwehrkameraden haben mich aus dem lichterloh brennenden Gebäude gezogen.

Warum ich nicht an einer Rauchvergiftung gestorben bin, weiß ich nicht. Wieder so ein dunkles Geheimnis. Als ich wieder zu Bewusstsein kam, lag ich im Krankenhaus und hatte höllische Schmerzen.

Der Brand lag zu diesem Zeitpunkt bereits eine Woche zurück. Mein ganzer Körper war mit einem Brandverband umwickelt. Ich lag ein halbes Jahr im Krankenhaus und musste diverse Hauttransplantationen über mich ergehen lassen. Es ist für mich kein Wunder, dass ich noch lebe, sondern eine Strafe. Ich habe keine Freunde mehr und Kinder haben Angst vor mir."

Er deutete in die Richtung des Bierstandes.

„Die Gesellschaft hält sich von mir fern und ich halte mich fern von ihr, das ist mein jetziges Leben. Ich bin zu einem unansehnlichen Monster mutiert, mit dem keiner etwas zu tun haben möchte. Ich kann es ihnen nicht einmal verdenken, dass sie mir den Rücken zukehren", bemerkte er zwischendurch. Der Wind spielte weiterhin mit dem Maisfeld. Es erklang ein trauriges Summen, als der alte Mann mit seiner Geschichte fortfuhr.

„Ein Feuerwehrmann brachte die Feder zurück. Sie war völlig unversehrt, nicht eine Faser angesengt. Auch das Zubehör meines Vaters bekam ich schadlos zurück. Das Haus ist komplett abgebrannt und dank der

Versicherung konnte ich eine neue Unterkunft erwerben. Den Schaden, der ewig bleibt, trage ich an und in mir. Ich weiß, dass ich dieses der Feder zu verdanken habe. Ich halte sie seitdem in einem Schrank verschlossen. Ich kenne den Ursprung der Feder nicht und weiß auch nicht, wie sie in den Besitz meiner Vorfahren gelangt ist. Vielleicht war sie das Schreibgerät des Teufels, der mit ihr all das Unheil niedergeschrieben hat, welches der Menschheit widerfahren ist. Von den grauenhaften großen Kriegen, bis zu einzelnen Schicksalen, die den meinem gleichen. Auf jeden Fall verbirgt sie eine dunkle Magie, der sich ihr Besitzer kaum entziehen kann. Es sind nun acht Jahre vergangen. Jetzt fordert die Feder mich erneut. Meine Hand soll sie wieder führen. Sie ruft auch nachts nach mir, sodass ich kaum noch Schlaf bekomme. Ich wollte sie schon aus dem Schrank holen und zerstören. Die Frage ist nur wie, und was geschieht dann mit mir? Egal, ob ich es schaffe sie zu vernichten, oder nicht, solche Schmerzen kann und will ich nie wieder ertragen müssen.

Auch habe ich überlegt sie einfach wegzuwerfen, in den Müll oder in einen See. Was ist, wenn sie jemand findet und sich unwissend auf sie einlässt? Diese Verantwortung möchte ich nicht übernehmen. Deshalb habe ich diesen Weg gewählt. Ich möchte sie jemanden überlassen, der ihre Geschichte kennt und der weiß, worauf er sich einlässt. Sie sind der Zweite, dem ich sie erzähle, der Erste ist nach der Hälfte gegangen. Wie ist es mit Ihnen, haben Sie noch Interesse an der Feder?"

Gerold Weller war von der abschließenden Frage nicht überrascht gewesen. Er hatte seinen Entschluss schon beim Selbstmord des Vaters gefasst. Er wollte diese Feder. Etwas sagte ihm, dass er die Feder unbedingt besitzen musste. Heute glaubte er, dass es die Feder gesagt hatte.

„Ich hätte die Feder gerne", lautete seine unverblümte Antwort.

„Ich habe etwa fünfzig Euro dabei, mehr kann ich Ihnen dafür leider nicht bieten."

„Ich kann Ihnen die Feder nicht verkaufen, denn ich glaube nicht, dass sie das gutheißen würde", sagte der alte Mann.

„Sie sollten sie einfach mitnehmen. Ich gebe Ihnen eine Tasche, dann gehen Sie an den Tisch, nehmen die Feder und das Zubehör und fahren nach Hause. Ich bleibe derweilen hier und trinke mein Bier."

„Wie Sie meinen", sagte Weller verdutzt.

Der Mann stemmt sich aus seinem Stuhl und suchte im Anhänger nach einer Tasche. Nachdem er fündig geworden war, überreichte er Gerold einen Stoffbeutel.

„Was Besseres habe ich leider nicht", bemerkte er.

„Ist schon okay, vielen Dank", sagte Gerold und reichte dem Mann die Hand.

Er wollte schon gehen, als der alte Mann noch etwas sagen wollte. Weller drehte sich um und sah ihn an.

Der alte Mann hob mahnend seinen Zeigefinger und sagte: „Denken Sie an die dunkle Seite der weißen Feder, lassen Sie sich nicht auf sie ein, und vor allem schreiben Sie nie mit der Feder, egal was passiert!"

„Ich werde Ihre Worte beherzigen", schwor Gerold Weller und ging nach vorne zum Tisch.

Er beherzigte die Warnung nur wenige Tage.

Die Feder wartete bereits auf ihn. Weller nahm sie von der Schale und packte zuerst das Zubehör in den Beutel. Dann hielt er sich die Schreibfeder unter die Nase und sog ihren nicht vorhandenen Duft ein.

Weller roch Macht.

Er legte sie vorsichtig in den Stoffbeutel, dann verließ er den Flohmarkt.

Der Wind flaute ab und das Maisfeld verstummte.

Seitdem waren zehn ereignisreiche Jahre vergangen.

Gerold Weller zerriss das Blatt mit dem Blutfleck und warf die Schnipsel in den Papierkorb. Er hoffte inständig, dass der Korb nicht anfangen würde zu brennen. Er tat es nicht. Weller reinigte die Metallfeder mit einer Speziallösung, trocknete sie mit dem Baumwolltuch behutsam ab und legte die Feder zurück auf die Holzschale. Er hatte Schweißperlen auf der Stirn. Weller stand auf und ging ins Bad. Er ließ kaltes Wasser in seine Hände laufen und fuhr damit durch sein Gesicht. Jetzt fühlte er sich etwas besser.

Weller ging zurück zu seinem Schreibtisch, setzte sich, und sah auf den Bildschirm.

Er wartete auf Nadine.

Nadine

Als er Nadine das erste Mal gesehen hatte, breitete sich gleich eine prickelnde Wärme in seinem gesamten Körper aus. Gleichzeitig lief es ihm kalt den Rücken herunter. Wenn es die Liebe auf den ersten Blick geben sollte, war es damals ein solcher Moment gewesen.

Es passierte ein Jahr bevor er an die Feder gekommen war. Weller arbeitete als Laborant im städtischen Krankenhaus. Er analysierte Blutproben, die den Patienten entnommen wurden. Diese Tätigkeit übte er schon seit drei Jahren aus und fühlte sich nun mit seinen fünfundzwanzig Jahren zu Höherem berufen. Er wollte seine Kenntnisse gerne ausweiten, strebte eine Beförderung an, und bat um einen Gesprächstermin bei der Krankenhausleitung. Zu diesem Termin wollte er, als er in der Anmeldung auf Nadine traf. Sie saß mit ihrer Kollegin an einem Schreibtisch und sah Weller mit ihren schönen Augen an.

„Kann ich Ihnen helfen?", fragte sie mit einer gewissen Dominanz in der Stimme.

„Weller, Gerold Weller, ich, ich habe einen Termin bei Herrn Kramer", stotterte Weller.

Er war gleich von ihrer erotischen Ausstrahlung verzaubert, sie umnebelte seine Sinne.

„Ja, ich begleite Sie zu seinem Büro", sagte Nadine und stand auf.

Weller konnte seinen Blick nicht von ihr wenden.

Nadine war eine dralle Frau mit üppigen Rundungen. Sie hatte dunkles kurzes Haar, wobei die Haare auf der linken Seite etwas länger waren, was ihr ein neckisches Aussehen verlieh. Sie hatte braune, strahlende Augen, die perfekt zu ihrem dunklen Teint passten. Ihre vollen Lippen lächelten, als sie auf Weller zuging. Er konnte sich ihrer Vollkommenheit nicht entziehen und sah sie verträumt an.

„Kommen Sie bitte mit, Herr Weller!"

Weller folgte Nadine und starrte auf ihren wohlgeformten Hintern, der von einem engen Rock reizvoll umschlungen wurde. Sie kamen durch ein weiteres Vorzimmer, in dem eine junge hübsche Sekretärin saß. Nadine erklärte ihr, worum es ging und klopfte an die Tür des Geschäftsführers. Weller wurde hereingebeten.

Das Gespräch mit Justin Kramer führte zu nichts. Kramer hatte um Bedenkzeit gebeten und von Weller gefordert, Geduld zu bewahren, um weiterhin seiner Arbeit nachgehen zu können. Weller mochte Kramer nicht. Er hielt ihn für einen hochnäsigen Playboy, der sich nur auf den Platz seines Vaters gesetzt hatte. Über Fachwissen verfügte er nicht, höchstens im Umgang mit dem weiblichen Geschlecht. Frauen schwärmten für den gutaussehenden Geschäftsführer, dieses war im Krankenhaus allgemein bekannt.

Weller ging danach wie gewohnt seinem Job nach. In Gedanken war er aber bei Nadine. Die Frau ließ ihn nicht mehr los. Tagsüber dachte er an sie, nachts träumte er von ihr. Die Erotik in seinen Träumen nahm mehr und mehr zu. Nach der ersten Begegnung sah er sie tagelang nicht wieder und das machte ihn wahnsinnig. Sie arbeiteten in einem Haus, doch ein Zusammentreffen wäre reiner Zufall gewesen.

Gerold fuhr während der Mittagspause nicht mehr nach Hause, sondern aß in der Kantine. Begleitet, von der stillen Hoffnung auf Nadine zu treffen. Tatsächlich wurde diese Maßnahme eines Tages von Erfolg gekrönt. Sie ging seitdem regelmäßig in die Kantine. Meistens mit ihrer Kollegin aus der Anmeldung. Gerold beobachtete sie von seinem Tisch aus. Einmal stand er in der Schlange vor der Essensausgabe direkt hinter ihr. Er sog den Duft ihres Parfums auf und berührte flüchtig ihre Schulter. Er wurde von ihrer unmittelbaren Nähe erregt, sie aber sah ihn nicht einmal an.

Weller glich nicht dem Frauenschwarm wie er im Buche steht, sondern verkörperte eher den Durchschnittsmann. Er war nicht besonders groß und konnte keinen durchtrainierten Körper vorweisen. Seine braunen Haare trug er kurz und die blauen Augen besaßen keinerlei Ausstrahlung. Sein Gesicht wies keine markanten Konturen auf, es hätte auch jeden anderen gehören können. Er war eine graue Maus, an Unauffälligkeit kaum zu überbieten. Zudem hatte er bislang kaum Erfahrungen mit Frauen gesammelt, sah man von zwei Bordellbesuchen einmal ab. Freunde hatte er nicht. Er spielte zwar Tischtennis und kam mit seinen Mannschaftskollegen gut aus. Die Sportkameraden bildeten Gerolds überschaubaren Bekanntenkreis. Er wohnte noch mit seiner Mutter zusammen unter einem Dach. Den Vater gab es nicht mehr, er hatte vor einigen Jahren seine Koffer gepackt und war seitdem verschwunden.

Gerold suchte nach Vorwänden, um mit Nadine ins Gespräch zu kommen. Demzufolge suchte er die Verwaltung des Öfteren auf, fragte, wie viel Urlaub er noch habe, oder er ließ sich eine Verdienstbescheinigung aushändigen. Nadine war bei diesen Gelegenheiten immer sehr freundlich. Gerold hingegen wurde von seiner Schüchternheit blockiert und brachte keinen netten Spruch über die Lippen. Er fand keine Mittel, um sie zu imponieren. Woher auch? Nie zuvor hatte er sich derartig in eine Frau verliebt.

Seine Zuneigung zu Nadine bündelte sich zu einem Zwang. Er fing an, Nadine auch außerhalb des Krankenhauses zu beobachten. Er fand heraus, wo sie wohnte und wer sie besuchte. Sie empfing viel Männerbesuch, wie er deprimiert feststellen musste. Er folgte ihr beim Shoppen in die Stadt, immer mit dem nötigen Abstand um nicht aufzufallen. Er wusste welche Discotheken sie aufsuchte, traute sich aber nicht hineinzugehen. Im Laufe des Jahres wurde Gerold Weller zum besessenen Stalker.

Erst als er die Feder in den Händen hielt, veränderte sich sein Verhalten. Sie verlieh ihm Mut. So kam es, dass er wenige Tage nach seinem Flohmarktbesuch, trotz der Warnung des alten Mannes, ihr einen Brief schrieb. Er hatte Tinte und Papier besorgt. Nachdem er die Tinte in das Fässchen abgefüllt hatte, nahm er die Feder zur

Hand und tauchte sie ein. Er setzte sie oben aufs Papier an und fing an zu schreiben.

Liebe Nadine....

Obwohl er nie zuvor mit einer Schreibfeder geschrieben hatte, verzierte er die Buchstaben mit vielen schönen Facetten. Seine Hand glitt von ganz alleine über das Papier. Er brauchte nur die Feder in die Tinte zu tauchen, damit sie weiterschreiben konnte. Am Ende hatte er einen wunderschönen Liebesbrief zu Papier gebracht. Die sanftmütige Seite der weißen Feder hatte ihn verfasst. Er überlegte, was er am Schluss schreiben sollte, und schrieb dann…

Dein Gerold

Gerold steckte den Brief noch am gleichen Tag in ihren Briefkasten.

Einen Tag später kam Nadine in der Kantine zu ihm an den Tisch.

„Darf ich mich zu dir setzen?", fragte sie höflich.

„Ja gerne", antwortete Gerold, wobei ihm sämtliches Blut in den Kopf schoss.

„Hast du mir diesen wundervollen Brief geschrieben, Gerold?", fragte sie mit einem verträumten Blick.

„Ich mag dich und deshalb habe ich mir gedacht, dass ich dir mal einen schönen Brief schreiben könnte", antwortete er.

Gerold wusste gar nicht, wie ihm geschah, so überwältigt war er von Nadines Anwesenheit.

„Vielen Dank, ich habe noch nie so einen schönen Brief bekommen."

Gerold sog das Kompliment förmlich in sich auf, genauso, wie er ihre Nähe aufsog.

Sie unterhielten sich während der gesamten Mittagspause und verabredeten sich zu einem gemeinsamen Abendessen. Gerold konnte sein Glück kaum fassen.

Es wurde ein schöner Abend. Gerold schwebte auf rosa Wolken. Seine Liebe zu Nadine blühte noch mehr auf. Sie fragte ihn abschließend, ob er ihr wohl noch einen Brief schreiben könne. Dann gab sie ihm mit ihren warmen Lippen einen sanften Kuss auf die Wange.

Gerold schrieb ihr wöchentlich einen Brief. Um die Formulierungen brauchte er sich keine Gedanken machen, diese gab die Feder vor. Er musste sich nur um die Handlung kümmern, und da ging es ausschließlich um Liebe. Im vierten Brief kam Erotik hinzu. Er schrieb ihr, wie sehr er sie begehrte und wie gerne er auch ihren Körper begehren würde.

In der folgenden Nacht schlief er das erste Mal mit Nadine. Sie war eine fantastische Liebhaberin und zeigte ihm Dinge, von denen er nicht zu träumen gewagt hätte. Sie spielte mit seiner Unerfahrenheit, was er wiederum genoss. Gerold war der Feder unendlich dankbar. Sie und die Briefe hatten sein Glück komplettiert. Sex wurde in der Folgezeit zum festen Bestandteil ihrer Beziehung.

Nach einem Jahr machte er ihr einen Heiratsantrag. Sie willigte ein, stellte aber Bedingungen. Sie würde nicht zu ihm und seiner Mutter unter einem Dach ziehen. Sie wünschte sich ein Eigenheim. Um ihre Wünsche erfüllen zu können, müsste sein Gehalt hochgestuft werden. Er sollte noch einmal mit Kramer sprechen. Sie würde ihn lieben, möchte aber auf einen gewissen Lebensstandard nicht verzichten. Sie hätten für eine gemeinsame Zukunft ja auch noch Zeit. Gerold willigte demütig ein.

Das nächste Gespräch mit Kramer führte wieder zu keinem wünschenswerten Ergebnis. Gerold Weller sah keinen anderen Ausweg. Um Nadines Ansprüchen gerecht werden zu können, musste er etwas ändern. Er beschloss, eine Geschichte zu schreiben. Wieder nahm er die Hilfe der magischen Schreibfeder in Anspruch. Er schrieb eine Geschichte über Wagner, seinem direkten Vorgesetzten und Laborchef. Die Geschichte wurde nicht sehr lang, obwohl die Feder viele Details hinzufügte. Weller wartete anschließend drei Wochen und wurde bitter enttäuscht. Lag es an der Feder, oder lag es an ihm, dass sich kein Erfolg einstellte?

Nach vielen Überlegungen startete Weller einen neuen Versuch. Er dachte an die Geschichte des alten Mannes vom Flohmarkt und an den Selbstmord des Vaters. Dieser hatte seinen Abschiedsbrief mit dem eigenen Blut niedergeschrieben. Eine absurde Idee reifte in Wellers Kopf. Dem Personal wurde in regelmäßigen

Abständen Blut abgenommen, demzufolge gab es auch eine Blutprobe von Wagner.

Weller aß an jenem Tag nicht in der Kantine, sondern wartete bis er allein im Labor war. Er ging zur Kühlanlage, wo sie die Blutkonserven vierzig Tage lang aufbewahrten. Er öffnete die Anlage und durchsuchte die Proberöhrchen. Wagners Probe fand er in der untersten Lade. Er schüttelte das Röhrchen, damit sich das Citrat verteilte, welches die Gerinnung des Blutes aufhob. Er öffnete das Röhrchen und füllte die Hälfte der roten Flüssigkeit in ein neues Proberöhrchen um. Die andere Hälfte stellte er zurück in die Lade. Gerold wickelte Wagners Probe in Alufolie und legte sie in seine Arbeitstasche.

Gleich nachdem er Zuhause angekommen war, bereitete er alles vor. Er füllte das Blut vorsichtig ins Tintenfass um und legte ein Tuch neben sich auf den Tisch. Weller hatte nur normales Papier und nahm ein Blatt. Dann hielt er die Feder über das Tintenfass und tauchte die Kugelspitzfeder vorsichtig in Wagners Blut ein. Er streifte die blutige Spitze behutsam auf dem Tuch ab und wollte sie auf das Papier aufsetzen, als plötzlich der alte Mann erschien. Das Maisfeld breitete sich auf dem gesamten Blatt aus und der alte Mann hob mahnend seinen Finger. Er hatte keinen Hut auf. Weller ließ vor Schreck die Feder fallen. Sie fiel auf das Papier und hinterließ feinste Blutspritzer. Auch das Gesicht des Mannes vom Flohmarkt wurde besprenkelt. Dann verschwand sein Abbild. Übrig blieben die roten Flecken auf dem weißen Papier.

Weller benötigte eine halbe Stunde, um sich wieder in den Griff zu bekommen. Der durch die Erscheinung verursachte Schock saß tief. Als er wieder dazu in der Lage war, versuchte er es erneut. Der alte Mann erschien diesmal nicht. Gerold Weller ignorierte dessen Warnung. Es war ihm egal, was der Mann erzählt hatte. Gerold wollte nur seine Ziele erreichen und die Liebe zu Nadine zur Vollendung bringen. Die Vergangenheit der Schreibfeder interessierte ihn nicht mehr, genauso wenig wie ihre Herkunft. Sollte sie doch vom Teufel stammen. Die Erkenntnisse, die ihm der Vorbesitzer vermittelt hatte, verschwanden nach und nach aus seinem Gedächtnis. Dass die Feder ein magisches Eigenleben entwickeln konnte, wollte er nicht wahrhaben. Und wie böse, abgrundtief böse, ihre dunkle Seite werden konnte, ahnte Weller zu diesem Zeitpunkt noch nicht. Die Feder gehörte nun ihm und er herrschte über sie, nicht umgekehrt, dessen war er sich sicher. Er war sich der Macht, die sie ausüben konnte, nicht bewusst. Er ließ alle spekulativen Hintergründe bezüglich der Feder von sich abprallen. Seine Liebe war stärker als sein Gewissen. Für Nadine würde er alles tun und so schrieb eine Geschichte mit Wagners Blut. Die Feder schrieb über Wagner.

Einen Monat später wurde bei Wagner Krebs diagnostiziert. Nicht einmal sechs Wochen nach der Diagnose starb er.

In der Folgezeit nutzte Weller noch zweimal die dunkle Seite der weißen Feder. Beide Male zeigte sich der alte Mann vom Flohmarkt und hob mahnend den Zeigefinger. Weller ignorierte ihn und schrieb seine blutigen Geschichten, um Nadines Ansprüchen gerecht zu werden. Hätte er die Möglichkeit gehabt, an entsprechende Blutkonserven zu kommen, wären es vielleicht noch mehr Geschichten geworden. Er fühlte sich zu der Feder hingezogen wie ein Kind zur Mutter. Er war schon auf dem Flohmarkt, als er sie das erste Mal gesehen hatte, ihrem Bann verfallen. Sie forderte Weller, um ihre dunkle Seite zu befriedigen. Weller gab ihr willig seine Hand und fühlte sich dabei gut. Er verspürte Macht zwischen seinen Fingern wenn er mit ihr schrieb. Sie hatte seine Sinne vernebelt, ohne dass er es bemerkt hatte. Gerolds Minderwertigkeitsgefühl verschwand in solchen Momenten, dabei wurde die Magie der Feder immer stärker. Sie dankte es ihm, indem sie weiterhin gefühlvolle Liebesbriefe für Nadine verfasste. Nach einer blutigen Geschichte waren diese Briefe besonders umfangreich mit Komplimenten ausgeschmückt. Oft handelte es sich um Reime, die Nadine dahinschmelzen ließen. Gerold war sich nicht sicher, ob Nadine in ihn, dem Durchschnittsmann, oder in seinen Briefen verliebt war.

Nach Wagners Tod blieb Justin Kramer nichts anderes übrig, als Weller zum Laborchef zu befördern.

Einige Monate vergingen, dann kam es zu einem klärenden Gespräch mit dem neuen Filialleiter seiner Hausbank. Dieser hatte den Posten übernommen, nachdem sein Vorgänger bei einem Autounfall ums Leben gekommen war. Gewissenlos hatten Weller und sein teuflisches Schreibwerkzeug wieder einen Text verfasst, der fatale Folgen nach sich gezogen hatte. Der Bankdirektor hatte seinen Sportwagen auf gerader Strecke, mit stark überhöhter Geschwindigkeit, unvermittelt gegen einen Baum gelenkt. Den eintreffenden Rettungskräften bot sich ein Bild des Grauens. Nicht nur das Fahrzeug wurde bis zur Unkenntlichkeit zertrümmert. Für den Fahrer und seiner Frau, die auf dem Beifahrersitz gesessen hatte, kam jede Hilfe zu spät. Dem erforderlichen Kredit stand nun nichts mehr im Wege, denn zufälligerweise spielte der neue Filialleiter begeistert Tischtennis und Weller kannte ihn gut. Er bekam einen Kredit zu günstigen Konditionen und erwarb ein schönes Eigenheim am Rande der Stadt. Ein halbes Jahr danach heiratete er Nadine. Für Weller hatten sich all seine Träume verwirklicht. Er, der graue Mann aus dem Nichts, hatte seine Traumfrau bekommen. Nadine gehörte ihm.

Sie verbrachten eine glückliche Zeit miteinander. Einen Kinderwunsch äußerte keiner von beiden. Sie gingen zwar gelegentlich gemeinsam aus, lebten aber ansonsten recht zurückgezogen. Viele Bekannte brachen den Kontakt zu Nadine ab und Gerold hatte keine guten Freunde. Zunächst genügte es ihnen, dass sie sich hatten. Ihr Liebesleben wurde von Nadine dominiert. Er war ihr untergeben und Nadine konnte ihren Fantasien freien Lauf lassen. Er genoss es, wenn sie ihn nach allen Regeln der Kunst verwöhnte. Beide lebten ihre Lust in vollen Zügen aus.

Beruflich lief es bei beiden auch hervorragend. Gerold füllte seinen neuen Posten elanvoll aus. Kramer erkor Nadine zu seiner neuen Privatsekretärin aus, nachdem seine hübsche Vorzimmerdame schwanger geworden war und die Stadt verlassen hatte. Doch Nadines beruflicher Aufstieg sorgte für einen Bruch in ihrer Ehe.

Sie stellte immer höhere Ansprüche, vor allen Dingen in finanzieller Hinsicht. Sie benötigte elegantere Kleidung, schließlich repräsentierte sie nun die Leitung des Krankenhauses. Ein eigenes Auto wünschte sie sich schon seit längerem. Es dauerte nicht lange, bis die Wellers in eine finanzielle Notlage gerieten. Ihre Einnahmen fingen die Ausgaben nicht mehr auf, zumal der Kredit noch lange nicht abbezahlt war. Gerold Weller opferte, ohne sein Vorgehen weiter zu hinterfragen, kaltblütig und skrupellos das Leben seiner Mutter, damit Nadine ein luxuriöses Leben führen konnte. Sie unterlag dem Schicksal der Feder und brach sich bei einem Treppensturz das Genick. Als Alleinerbe veräußerte Gerold ihren gesamten Besitz, dazu gehörte auch sein Elternhaus. Nadine konnte fortan aus dem Vollen schöpfen.

Gerold Weller zeigte keine REUE.

Nadine benötigte nicht nur mehr Geld, sondern auch mehr Zeit. Als Chefsekretärin musste sie Kramer auf Geschäftsreisen begleiten und kam demzufolge des Öfteren später als gewohnt nach Hause. Sie war dann meist abgespannt und müde. Ihre Lust auf Sex mit ihrem farblosen Mann ließ merklich nach. Als sie in der

Folgezeit auch noch immer häufiger mit Kramer auf Wochenendreisen musste, wurde Gerold Weller skeptisch. Nadine war seine Frau und er wollte sie mit niemandem teilen. Sie gehörte ihm ganz allein und bedeutete ihm alles. Er betrachtete sie eher als seinen Besitz, als dass er sie als Ehefrau sah. Weller wurde eifersüchtig, krankhaft eifersüchtig. Er fing wieder an ihr nachzuspionieren. Er wurde zum Stalker seiner eigenen Frau.

Es dauerte nicht lange, bis er herausfand, dass sie mit Justin Kramer ein Verhältnis hatte. Er beobachtete sie einige Male dabei, wie sie getrennt voneinander vom Krankenhaus zu einem Hotel fuhren, dort gemeinsam etwa eine Stunde verweilten, und sich abschließend mit einem Kuss voneinander verabschiedeten. An den Wochenenden, wo sie eigentlich hätten auf Dienstreise sein müssen, trafen sie sich in Justins Blockhaus. Weller war ihnen zweimal dorthin gefolgt. Dafür hatte er sich extra einen Leihwagen gemietet, mit dem er ihnen unauffällig folgen konnte. Die Hütte lag zwanzig Kilometer von der Stadt entfernt an einem kleinen See. Es handelte sich um ein aus Rundhölzern gebautes Häuschen. Weller vermutete, dass sich Kramers Vater früher hierher zurückgezogen hatte, um sich an den Wochenenden zu erholen. Sein Sohn, der Nestbeschmutzer, vögelte dort Wellers Frau.

Die Eifersucht machte ihn rasend vor Wut, jedoch ließ er sich gegenüber Nadine nichts anmerken. Auch Nadine vertuschte ihr Geheimnis so gut es ging, wobei

Gerold sie im guten Glauben ließ. Seine Reime, die er ihr abends aufs Kopfkissen legte, verloren langsam ihre Wirkung. Sie befriedigte ihn nur noch selten und ohne Leidenschaft. Wellers Liebe zu ihr schlug in Hass und Verzweiflung um. Er hatte alles in seiner und der Feder stehender Macht getan, um Nadine für sich zu gewinnen, doch nun wurde er bitter enttäuscht.

Weller durchsuchte die Kühlanlage nach einem Röhrchen, auf dem der Name Justin Kramer stand, fand jedoch keines. Dass hier eine Probe seiner Frau lagerte, war ihm bekannt. In der Folgezeit tätigte er einige Interneteinkäufe und kaufte sich ein neues Smartphone mit hochauflösender Kamera.

An jenem unheilbringenden Abend, bevor Nadine wieder mit Kramer auf eine Wochenendreise musste, füllte Gerold die Hälfte von Nadines Blutkonserve in ein neues Röhrchen um, und verstaute es gut verpackt in seiner Arbeitstasche. Er fuhr dann nicht zum Tischtennis, sondern zu Justins Blockhaus.

Die Tür zu öffnen stellte kein Problem dar. Er nahm eine Tasche aus dem Kofferraum und ging in die Hütte. Weller sah sich zunächst um. Das Blockhaus bestand im Grunde genommen nur aus einem größeren Raum und einem separaten Bad mit Dusche. Unter dem Waschbecken befand sich ein kleiner Schrank, in dem Gerold die Tasche stellte. Im Wohnbereich stand ein breites Bett, welches für das morgige Vergnügen bereits mit einem cremefarbenen Laken bezogen worden war. Farblich dazu passende Kissen lagen dekorativ am

Kopfteil des Bettes verteilt. Weller war in zweierlei Hinsicht erleichtert, als er das Bett sah. Zum einen, dass es sich um ein Metallbett handelte, und zum anderen, dass es genügend Verstrebungen hatte. Zwischen dem Bett und der kleinen Küchenzeile standen zwei Stühle an einem runden Tisch. Gerold holte sein neues Smartphone aus der Jackentasche und schaltete es ein. Er stellte die Kamera an und ging zur Küchenzeile. Links in der Ecke war ein kleines Gewürzregal angebracht. Weller stellte sich in diese Ecke und fokussierte durch die Kamera den Raum. Er konnte von hier aus fast sämtliche Bereiche des Raumes einsehen, vor allem die Spielwiese aus Metall. Gerold setzte sich an den Tisch und richtete auf seinem Smartphone eine Skype Verbindung ein. Dazu musste er zuerst ein neues Konto erstellen. Nachdem er alles korrekt eingegeben hatte, stellte er eine Dauerverbindung her. Er platzierte sein Smartphone auf dem Gewürzregal und stellte die Gewürzgläser so vor das Gerät, dass nur die Linse der Kamera frei blieb. Weller ging ein paar Schritte zurück, setzte ein Glas noch einmal etwas um, und war dann mit dem Ergebnis zufrieden. Das Handy konnte man kaum erkennen und selbst das dünne Ladekabel, welches zur nahegelegenen Steckdose führte, fiel vor dem dunklen Holz nicht auf. Weller verließ die Blockhütte, verschloss die Tür und fuhr bestens vorbereitet nach Hause.

Am nächsten Morgen machte sich Nadine besonders früh fertig, angeblich musste sie zum Krankenhaus. Sie verabschiedete sich von Gerold mit einem flüchtigen, lieblosen Kuss. Nachdem sie fort war, holte Gerold seinen Laptop und ging ins Büro. Er öffnete sein bereits bestehendes Skype Konto und wählte sich in das Konto des neuen Smartphones ein. Er deaktivierte das Mikro seines Laptops, während sich die Verbindung aufbaute. Wenige Minuten später sah er den Wohnbereich des Blockhauses. Er vergrößerte das Bild und erkannte sogar kleinere Details. Für seine Zwecke reichte die Qualität der Übertragung völlig aus.

Weller ging ins Bad und duschte. Er brauchte heute einen klaren Kopf. Heute sollte sein Tag werden.

Er hatte sich gut vorbereitet. Der alte Mann erschien wie erwartet auf dem ersten Blatt. Weller dachte nicht weiter an ihn und seine Geschichte. Er dachte nicht mehr an den Tag, an dem er Nadine das erste Mal gesehen hatte. Er wartete auf Nadine und er wartete auf Justin Kramer. Weller zog das Tintenfass mit Nadines Blut näher zu sich heran, denn wenn er gleich gefordert wurde, musste er schnell schreiben und die Feder mit ausreichend Blut versorgen.

Dann ging die Tür des Blockhauses auf und Nadine Weller betrat gemeinsam mit Justin Kramer den Raum. Gerold Weller tauchte die Feder in Nadines Blut ein, und fing an zu schreiben.

Im Blockhaus

Im Blockhaus, von Gerold Weller

Nadine und Justin betreten den Wohnbereich des Blockhauses. Beide scheinen glücklich, und in freudiger Erwartung der Dinge zu sein, die da kommen sollten. Justin zieht die Tür hinter sich zu. Sein Blick fällt zunächst auf das einladend zurechtgemachte Bett, dann sieht er, mit einem lüsternen Lächeln auf den Lippen, Nadine an. Er legt seine Hand an ihre Hüfte und küsst sie auf den Mund. Nadine erwidert seine Küsse lustvoll. Als seine Hand unter ihr T-Shirt gleitet und ihren üppigen Busen umfasst, tritt sie einen Schritt zurück und sieht ihn verschämt in die Augen.

„Heute ist mein Tag, Justin, ich bestimme was wir machen, okay", sagt Nadine fordernd.

(Weller hörte, wie Nadine die Worte sagte, die er gerade geschrieben hatte. Der Klang seines Laptops war nicht perfekt, aber er konnte jedes Wort gut verstehen.)

Nadine sieht Justin an und dieser nickt zustimmend.

„Mach den Mund auf, Justin!"

Justin öffnet zögerlich den Mund. Nadine schiebt zwei Finger zwischen seine Lippen und reibt mit kreisenden Bewegungen über seine Zunge.

„Lutsche meine Finger du Lustmolch, lutsch meine begierigen Finger!", flüstert sie ihm lüstern ins Ohr.

Justin macht wie ihm geheißen und saugt an Nadines Fingern.

„Wenn du mir gehorchst, bekommst du mehr, viel mehr. Ich zeige dir Dinge, von denen du noch nicht einmal zu träumen gewagt hast", verspricht Nadine.

„Gehorchst du mir?"

„Ja", sagt Kramer erwartungsvoll.

(Nadine sagte und machte das, was Weller und die Feder schrieben. Was Kramer sagte und tat, forderte Weller mit geschriebenen Worten. Er führte Regie und die Feder verfasste das Drehbuch.)

„Ich hübsche mich jetzt für dich ein wenig auf, Justin. Du darfst gespannt sein. In der Zwischenzeit kannst du dich schon mal ausziehen und das Bett vorwärmen, mein Schatz. Ich beeile mich auch."

Nadine geht zum Bad und verschließt die Tür hinter sich.

(Weller konnte Nadine nicht mehr auf dem Bildschirm sehen, er sah nur, wie Kramer aufgeregt vor dem Bett hin und her ging. Bevor Nadine den Raum verließ, konnte Weller erkennen, dass sich ihre Augen verändert hatten. Ihr Blick war nicht mehr warmherzig, sondern kalt. Die Magie der weißen Feder hatte sie befallen. Gerold war sich sicher, dass Nadine ganz genau die mit ihrem Blut geschriebenen Worte befolgen würde, auch wenn er sie in dieser Phase nicht sehen konnte. Er tauchte die Spitze in den roten Lebenssaft und schrieb weiter.)

Nadine zieht sich in dem engen Bad bis auf den Slip aus und legt die Kleidung in die geöffnete Dusche. Sie holt die Tasche aus dem Schrank, der sich unter dem Waschbecken befindet. Anschließend öffnet sie die Tasche und nimmt die größere der beiden Tüten heraus. Die Sachen aus der Tüte legt sie ins Waschbecken. Zuerst zieht sie den Schwesternkittel mit dem roten

Saum an. Die obersten beiden Knöpfe lässt sie offen, damit der Ansatz ihrer reizvollen Brüste zu sehen ist. Danach zieht sie die weißen Seidenstrümpfe an und streift das Strumpfband mit roter Spitze über ihren Oberschenkel. Sie setzt sich das neckische Schwesternhäubchen mit dem roten Kreuz auf den Kopf. Zum Schluss steckt sie das Skalpell in das Strumpfband. Sie nimmt die vier Fesseln aus der Tasche und geht zurück in den Wohnraum.

(Weller konnte Nadine wieder sehen und sie sah wunderbar aus. So wie er es sich vorgestellt hatte. Er sehnte sich nach ihr.)

Als Nadine in den Raum kommt, liegt Justin erwartungsvoll auf dem Bett. Er hat nur noch seine schwarzen Designershorts an.

„Wow", kommt es ihm erstaunt über die Lippen.

Nadine steigt über das Fußende aufs Bett und stellt sich über Justin.

„Gefalle ich dir so, mein Schatz?", fragt sie süffisant.

„Ich bin begeistert, meine Süße", antwortet Justin und fährt sich mit der Zunge über die Lippen. Nadine hockt sich nun auf allen Vieren über Justin und haucht ihm einen Kuss auf den Mund.

„Macht dich das scharf?"

„Und wie, ich kann es kaum noch abwarten, bis du mich endlich behandelst, Frau Doktor", antwortet Kramer fast sabbernd.

(Weller fiel es schwer, solche Worte zu schreiben, aber Kramer durfte keinen Verdacht schöpfen. Nadine musste ihn willig machen. Zudem führte seine Hand nur die Feder, die Wahl der Worte bestimmte sie. Ihre dunkle Seite kam jetzt voll zur Entfaltung.)

„Jetzt will ich meinen kranken Liebhaber mal verarzten. Wo tut es dir den weh?"

„Überall!"

Nadine sagt zu ihm: „Du musst für meine Liebesbehandlung völlig stillhalten, mir vertrauen und mir gehorchen. Damit du auch stillhältst, fessle ich dich jetzt ans Bett, ansonsten muss ich die Behandlung abbrechen. Glaube mir, das wirst du nicht wollen. Gib mir deine rechte Hand, Schatz!"

Justin hält ihr seinen rechten Arm entgegen. Nadine nimmt eine Handschelle und fesselt die rechte Hand an einer Verstrebung vom Kopfende des Bettes. Sie verlangt nach seiner linken Hand und fesselt sie mit der zweiten Schelle auf der anderen Seite des Kopfendes. Nun wendet sie sich seinen Füßen zu. Sie verschließt jeweils eine Schelle um seine Fußknöchel und bringt das andere Ende der Fußfessel an die äußeren Verstrebungen des Metallbettes an. Kramer lässt die Prozedur lächelnd über sich ergehen und liegt nun voller erotischer Begierde mit abgespreizten Armen und Beinen auf dem Bett.

„So, jetzt bist du mir ausgeliefert, du kranker geiler Bock", sagt Nadine in merkwürdig verändertem Tonfall. Jähzorn hat sich auf ihre Stimme gelegt. Justin hält ihre Dominanz für einen Teil des Rollenspiels.

„Wie krank bist du eigentlich?", will sie von ihm wissen.

„Sehr krank, es ist kaum zu ertragen, meine Krankheit bist du, Nadine", säuselt Justin, dem das Spiel zu gefallen scheint, „ich bin süchtig nach dir."

„Dann will ich deine Krankheit mal behandeln, mein armseliger, gieriger Patient."

Nadine gleitet mit ihrem Mund zu seiner rechten Brustwarze und liebkost sie mit der Zunge. Wie eine Knospe stellt sich die Warze auf.

„Liebst du mich?", fragt sie, während ihre Zunge weiter mit der Brustwarze spielt.

Justin sieht sie erwartungsvoll an: „Ja, das weißt du doch!"

Nadine zieht das Skalpell aus ihrem Strumpfband. Justins Augen weiten sich entsetzt.

„Falsche Antwort, Justin", faucht Nadine.

Sie nimmt die Brustwarze zwischen ihren langen Fingernägeln, zieht sie leicht in die Höhe, und schneidet mit einem sauberen Schnitt die Brustwarze ab.

Kramer schreit vor Schmerzen laut auf, sieht, wie Nadine den abgetrennten Nippel zwischen ihren Fingern hält. Blut läuft aus seiner Brust. Nadine lässt die Warze fallen, sie rollt zur Seite und bleibt in Justins Brustbehaarung hängen.

Sie wendet sich nun mit ihrer Zunge der anderen Brustwarze zu.

„Liebst du mich?", fragt sie erneut.

„Ich schwöre, dass ich dich liebe, Nadine, aber jetzt hör mit dem Scheiß auf!"

„Falsche Antwort, Justin."

Nadine schneidet auch die andere Warze ab.

Wieder schreit Kramer und zuckt vor Schmerz zusammen. Erneut spritzt Blut aus seiner Brust. Der rote Saft rinnt bereits von seinem Brustkorb auf das cremefarbene Laken.

(Gerold Weller erfreute sich an diesem Anblick und an Kramers Schreie, die er deutlich hören konnte. Obwohl er sehen und hören konnte, war er nicht mehr Herr seiner Sinne. Er hatte die Kontrolle über die Feder vollends verloren. Sie schrieb nicht nur das Drehbuch, sondern führte von nun an auch die Regie.)

Nadine fährt ohne zu schneiden mit dem Skalpell an Kramers Körper runter und sagt währenddessen: „Ich liebe nur meinen Mann, schmierige Typen wie dich kann ich nicht leiden. Gerold ist der wunderbarste Mensch auf Erden."

Als sie seine Shorts erreicht hat, schneidet sie diese mit dem Skalpell auf und legt Kramers schlaffes Glied frei. Sie hält die scharfe Klinge an sein Geschlecht und sagt: „Halt still, bevor ich dir noch weh tue!"

„Liebst du mich?", lautet wieder ihre Frage.

„Nein", brüllt Justin diesmal.

„Was willst du dann von mir?", fragt Nadine ganz ruhig.

„Sex, mehr nicht!", schreit er ihr seine jämmerliche Antwort entgegen.

„Hast du auch mit meiner Vorgängerin geschlafen und sie geschwängert?"

„Ja."

„Bereust du deine schmutzige Vorgehensweise?"

„Ja."

„Sag, ja ich bereue!"

„Ja, ich bereue!", stammelt Kramer ihr nach.

„Dann wollen wir deine Aussage mal schriftlich festhalten", droht Nadine mit kalter Stimme.

Bevor sie anfängt, teilt sie Justin noch mit: „Du musst jetzt sehr tapfer sein, mein lieber Frauenversteher. Es tut gleich vielleicht ein bisschen weh, aber du hast auch Gerold und mir wehgetan. Bleib ruhig liegen, damit ich nicht abrutsche und dir versehentlich den Bauch aufschneide. Hast du das verstanden?"

Justin Kramer sagt nichts mehr. Er hat nicht nur seine Brustwarzen, sondern auch seinen Verstand verloren. Er versteht nicht was mit ihm passiert und warum. Das ist nicht seine Nadine, die ihn hier foltert, diese Frau im Schwesternkittel ist völlig irre.

Sie setzt das Skalpell links von Kramers Nabel auf die Bauchdecke an und schneidet vorsichtig in die Haut. Sie will nicht das komplette Gewebe durchtrennen, nur tiefe, schmerzvolle Schnitte sollen es werden. Als sie die Klinge angesetzt hat, fängt sie mit dem scharfen Skalpell an, den ersten Buchstaben zu schneiden.

(Gerold Weller, der graue Mann, der dem Bann der Feder verfallen war, ergötzte sich daran, wie seine Frau Kramer quälte. Die Magie der weißen Feder führte nun auch ihre Hand. Er sah ihr dabei zu, wie sie auf der linken Seite von Justins Bauchnabel ein großes R und ein großes E in die Haut schnitt. Auf der rechten Seite schrieb sie mit dem Skalpell ein großes U und ein großes E. Sie schnitt langsam, schien es zu genießen. Weller vernahm Kramers Schreie regungslos. Eisige Kälte durchfuhr ihn, ließ seine Gefühle gefrieren, und blockierte jegliches Bedauern. Justin Kramer hingegen zitterte am ganzen Körper, während Nadine mit ruhiger Hand das Skalpell durch sein Fleisch führte. Kalter Schweiß vermischte sich mit warmem Blut. Kramer zerrte aussichtslos an den Fesseln. „Klack, Klack, Klack", erklang es aus dem Laptop, als die Schellen gegen die Metallstreben des Bettes schlugen und somit die unverständlichen Worte, die Kramer vor sich hin winselte, übertönten. Aus dem Wort REUE quoll Blut zu allen Seiten. Es lief in Strömen von Kramers Bauch herab und breitete sich schnell auf dem Bett aus. Ein dunkles Rot fraß sich mehr und mehr in die cremefarbene Decke, wobei bizarre Farbmuster entstanden. Weller war mit dem Szenario, welches sich ihm bot zufrieden und schrieb weiter. Er zeigte erneut keine REUE.)

Nadine erhebt sich vom Bett und setzt sich an den runden Tisch. Sie legt das blutverschmierte Skalpell auf den Tisch und nimmt die alberne Kappe vom Kopf. Auf dem Tisch liegen Justins Zigaretten und Nadine zündet sich eine davon an. Während Nadine raucht, beobachtet sie Kramer mit ausdruckslosen Augen. Er gibt jämmerliche Laute von sich. Fast sein gesamter Körper ist mit Blut bedeckt. Er wird langsam verbluten, aber das ist Nadine egal. Ihr ist nicht wirklich bewusst, was sie angerichtet hat.

Sie wirft die Zigarette achtlos auf den Holzboden und geht wieder ins Bad. Dort nimmt sie die zweite Tüte aus der Tasche und geht damit zum runden Tisch.

Nadine zieht die schwarze Kunststoffflasche aus der Tüte und öffnet den Verschluss. Nachdem sie das Feuerzeug zur Hand genommen hat, geht sie mit der Flasche zum Bett. Nadine verteilt das Benzin einmal rundum auf dem Bettlaken. Die leere Flasche stellt sie neben dem Bett ab. Mit dem Feuerzeug in der Hand legt sie sich zu Kramer aufs Bett. Dieser kann gerade noch die Kraft aufbringen, sie mit verdrehten Augen verachtend anzusehen. Nadine zündet das Feuerzeug und hält die Flamme an den äußeren Bettrand. Das Laken fängt sofort Feuer, dabei folgen die Flammen dem Benzin um das Bett herum, wie eine Lunte, die zu einer Explosion führt. Nadine und Kramer sind im Nu von den Flammen umgeben. Justin beginnt zu schreien, als das Feuer seine Beine erreicht hat. Panisch reißt er wieder an den Fesseln. „Klack, Klack, Klack." Die Haut an seinen Gelenken platzt auf, so sehr zerrt er an den Fesseln. Die Flammen fressen sich an seinen Beinen entlang zum Oberkörper. Nadine, die mittlerweile selber vom Feuer befallen ist, hält sich die Ohren zu, sie will die entsetzlichen Schreie nicht hören. Justin schreit nicht lange, denn er ist nach Nadines Peinigungen mit den Kräften am Ende. Augenblicklich verstummen die Schreie, ein letztes Aufbäumen, dann liegt der brennende Playboy still dar.

Nadine spürt keine Schmerzen, sie schreit auch nicht.

(Man konnte auf dem Papier erkennen, dass dieser Satz unsauber geschrieben war. Weller musste sich alles abverlangen und die Feder zu diesem Satz zwingen. Für einen kurzen Moment keimte aus seinem tiefsten Innern Mitleid auf und dieses Empfinden war für einen Augenblick stärker als die Magie der Feder. Ob Nadine Schmerzen spürte, vermochte er nicht zu beurteilen, das konnte wohl nur die Feder und Nadine selbst.)

Es geht blitzschnell, dann haben die Flammen das ganze Bett überzogen und somit auch Nadine Weller und Justin Kramer. Diese sind bereits tot, als sich das Feuer vom Bett aus in den Raum ausbreitet. Die Vorhänge fangen Feuer, die Möbel und selbst die massiven Holzwände können den Flammen nicht standhalten. Nach wenigen Minuten brennt das gesamte Blockhaus.

(Mit der Feder in der Hand sah Weller wie in Trance auf den Bildschirm. Er starrte ins Feuer. Das Bett brannte lichterloh. Er glaubte, in den Flammen einen ausgestreckten Arm erkennen zu können. Es musste sich dabei um Nadines Arm handeln. Der erhobene Arm glich einer Fackel und schwenkte leicht hin und her, wie zu einem Abschiedsgruß. Oder war es ein Wink des Teufels, der jubelnd seine Faust ausstreckte? Sehe hin grauer Mann, was hast du angerichtet! Gerold hörte knisternde Laute. Er sah und hörte wieder bewusst, denn die Feder ließ ihm am Finale teilhaben. Er sollte das Ergebnis der Geschichte miterleben. Das Feuer hatte bereits die Holzwand hinter dem Bett erreicht und züngelte sich nach oben bis an die Decke. Da, wo Nadine die Benzinflasche abgestellt hatte, breitete sich das Feuer auch auf dem Boden aus. In Windeseile kroch es zum runden Tisch, immer näher auf die Kamera zu.

Gerold konnte förmlich die Hitze spüren. Er schwitzte aus allen Poren. Die Übertragung bestand nun aus einem einzigen Flammenmeer, so als sähe man in einen lodernden Kamin. Dann flackerte das Bild ein paarmal auf und verschwand.

Als das Bild plötzlich wieder auf seinen Laptop erschien, sah Gerold den alten Mann vom Flohmarkt. Er stand mitten in den Flammen und schüttelte nur verständnislos mit dem Kopf. Den brennenden Filzhut hielt er dabei in der Hand.

Dann brach die Verbindung endgültig ab.

Nur noch Dunkelheit und für Gerold wurden die Folgen seiner Geschichte zur unerträglichen Realität.)

Gerold

Gerold zitterte am ganzen Körper. Ein letzter Tropfen Blut löste sich von der Spitze, fiel aufs Papier und zierte das Ende wie ein makabres Siegel. Er legte die Feder auf die Holzschale zurück und sah sich die zwei Seiten an, die vor ihm auf dem Schreibtisch lagen. Er nahm die erste Seite zur Hand. Das Blut war trotz des Citrats geronnen und trocken. Weller las seine Geschichte und war entsetzt. Er konnte nicht glauben, was er geschrieben hatte. Auch wenn er dem Zwang der weißen Feder unterlegen war, konnte er ein beschämendes Gefühl nicht verleugnen. Jedes Wort wurde fein säuberlich zu Papier gebracht, nur ein Satz hob sich ab, da er kaum lesbar war. Gerold konnte sich an den Satz erinnern und daran, wie sich die Feder geweigert hatte, diese Worte niederzuschreiben. Er aber wollte diesen Satz unbedingt schreiben, denn er hätte Nadines Schreie nicht ertragen können.

Er hatte seinen Verstand verloren, als er mit der Feder die Geschichte geschrieben hatte, doch nun überkam ihm sein Gewissen, und es war schlecht.

Weller legte die zwei Seiten hinter den Laptop, sodass er sie nicht mehr sehen konnte. Er nahm die Speziallösung und reinigte die Metallfeder. Das Tintenfass war fast leer. Nadines Blut hatte gerade ausgereicht. Er reinigte auch das Tintenfässchen mit der Lösung und trocknete es mit dem Baumwolltuch ab. Nachdem alles gereinigt und sauber war, öffnete er eine Schublade und durchsuchte sie. Als er es gefunden hatte, legte Weller das Skalpell neben der Feder auf den Tisch ab.

Weller hatte die dunkle Seite der weißen Feder gesehen und miterlebt. Nicht er hatte die Macht gehabt, sondern sie. Nun wollte er es zu Ende bringen. Er musste noch etwas schreiben, um aus dem Schatten der Feder treten zu können.

Auch er wollte und musste REUE zeigen.

Weller stellte das Tintenfass vor sich ab. Er nahm das Skalpell und schnitt sich in die Kuppe seines linken Zeigefingers. Er hielt den Finger über das Fässchen und ließ sein Blut hineintropfen. Als sich genügend von seinem Lebenssaft in dem Tintenfass befand, legte Weller seine linke Hand auf den Tisch ab und griff mit der Rechten nach der weißen Feder. Er tauchte die

Kugelspitzfeder in sein Blut und schrieb eine letzte Zeile. Den Epilog seines Lebens.
Ich schneide mir die Pulsadern auf!

Inkers Ink

Die Einstiche brannten wie Feuer. Er genoss den Schmerz. Mit etwa hundert Stichen in der Sekunde trieb die Nadel Tätowierfarbe unter seine Haut. Bis zu einem halben Millimeter tief wurden die bräunlichen Farbpigmente gestochen. Das summende Geräusch der Tätowiermaschine klang wie Musik in seinen Ohren. Heute war die letzte von fünf Sitzungen, doch er wusste bereits jetzt, dass dies nicht sein einziges Tattoo bleiben würde. Sein heller Körper verlangte nach Veränderungen. Er wollte sich ändern, aus der grauen Masse herausragen, durch eine einzigartige Farbenpracht, die seine Haut zieren sollte. Er wollte bewundert werden. Und er war süchtig nach dem Schmerz. Jonas saß leicht vorgebeugt auf einem Hocker und beobachtete in dem Spiegel, der vor ihm an der Wand hing, wie sich der asiatisch aussehende Tätowierer auf das entstehende Kunstwerk konzentrierte. Die ohnehin schon schmalen Augen waren nur einen winzigen Spalt geöffnet, als er mit ruhiger Hand die summende Nadel über die enthaarte Haut führte. Er schien beim Tätowieren in einer völlig anderen Welt zu sein, als handele es sich dabei um spirituelles Ritual, bei dem man alles um sich herum vergaß. Räucherstäbchen, die auf einem Beistelltisch standen, ließen den Duft von Ingwer durch den Raum schweben. Der Inker strahlte eine unheimliche Aura aus, die auch Jonas erfasste. Dennoch hatte er vollstes Vertrauen. Die Hände des älteren Mannes steckten in schwarzen Latexhandschuhen. Im Gegensatz zu vielen anderen Kollegen seiner Zunft, trug er keine bunten Bilder auf seinen schmächtigen Armen. Er hatte keinen Shop, sondern betrieb das künstlerische Handwerk privat in einer kleinen Wohnung. Jonas war rein zufällig in den sozialen Netzwerken auf den Mann gestoßen, wo er in höchsten Tönen von anderen Usern gelobt wurde. Er kannte den Namen des Asiaten nicht, wusste nur, dass er im Internet unter dem Pseudonym „Inkers Ink" auftrat, was so viel wie des Zeichners Tinte bedeutete. Wie der Mann hieß, oder was es mit dem Künstlernamen auf sich hatte, interessierte Jonas auch nicht. Das geringe Honorar war ein weiterer Grund gewesen, warum er ihn kontaktiert hatte. Der Tätowierer tauchte erneut die Nadel in ein kleines Fässchen mit Farbe und setzte die Maschine an Jonas Nackenwirbel an. Hier, direkt auf den Knochen, war der Schmerz besonders intensiv, doch Jonas zuckte nicht einmal. Der Tattookünstler widmete sich nun dem Kopf der Schlange. Er füllte die Konturen mit bräunlichen Farbtönen, die ineinander übergingen und eine natürliche Schlangenhaut widerspiegelten. Dünne, leicht gewellte dunkle Linien imitierten die schuppige Oberfläche. Als krönenden Abschluss stach er die gespaltene Zunge, die aus dem leicht geöffneten Maul der Schlange züngelte. Jonas spürte, wie die Nadel hoch bis zu seinem kurzgeschorenen Haaransatz wanderte. Er war ganz versessen darauf, das fertige Werk betrachten zu dürfen. Noch musste er sich gedulden, da der Inker abschließend haarfeine Striche durch die goldfarbenen Augen des Tieres zog. Dann hielt er inne, zog die Handschuhe aus, und beäugte sein Werk mit zunehmend strahlendem Blick, der besondere Zufriedenheit ausdrückte. Wortlos holte er einen runden Spiegel hervor und hielt ihn leicht geneigt hinter Jonas Rücken. Endlich konnte Jonas das fertige Resultat, welches fortan ein Leben lang seine helle Haut zieren sollte, betrachten. Der Spiegel hinter seinem Rücken, reflektierte in den Spiegel vor ihm eine prachtvolle Schlange. Das Reptil ruhte zusammengerollt zwischen Jonas Schultern. Aus dem Knäul ragte der Kopf empor, der sich den leicht geröteten Nacken des jungen Mannes hochschlängelte. Aus diesem Blickwinkel wirkte das Tattoo fast dreidimensional. Es schien zu leben. Die Schlange sah den Betrachter mit funkelnden Augen und ausgestreckter, gespaltener Zunge an, als wolle sie ihm entgegenspringen. Jonas war fasziniert, seine Lippen formten sich zu einem freudigen Lächeln. Er hob den Daumen und nickte anerkennend. Beinahe ehrfürchtig senkte der alte Mann den Kopf, als würde er sich vor seinem eigenen Werk verneigen. Er legte den runden Spiegel ab und deckte den frisch gestochenen Bereich des Tattoos mit einer dünnen Folie ab, die Jonas erst am nächsten Morgen wieder abziehen durfte, damit die Poren sich von innen schließen konnten und eine feuchte Wundheilung eintrat. Dieses Prozedere kannte Jonas bereits von den vier vorangegangenen Sitzungen. Anschließend zog er sein T-Shirt über, zahlte den noch ausstehenden Obolus und verließ die Wohnung des schweigsamen Inkers. Als der asiatische Tattoo-Künstler die Tür schloss, zog er ein boshaftes Grinsen auf.

Jonas konnte seinen Körperschmuck in aller Ruhe heilen lassen. Einen neuen Job würde er erst Anfang des nächsten Monats antreten müssen. Er genoss das Alleinsein in seiner kleinen Zweizimmerwohnung. Freunde hatte er keine, geschweige denn eine Freundin. Den Kontakt zu seinen Eltern hatte er vor drei Jahren abgebrochen. Seitdem war er ein Einzelgänger, dessen Bekanntschaften sich auf Personen aus sozialen Netzwerken beschränkten, die er nicht kannte. Er vermisste nichts, sein ganzer Stolz prangte nun auf seinem Rücken. Nach gut zehn Tagen war auch die letzte Stelle des Tattoos völlig verheilt. Er betrachtete es jeden Tag mit stolzgeschwellter Brust. Er besaß einen altertümlichen, dreigeteilten Spiegel, wo man die beiden äußeren Seiten abklappen konnte, sodass er jede Stelle der ruhenden Schlange genüsslich bewundern konnte.

Nach zwei Wochen hatte er zum ersten Mal den Eindruck, dass die Proportionen des Reptils anwuchsen. Der gewundene Leib kam Jonas Tag für Tag etwas fülliger vor. Zunächst glaubte er an eine optische Täuschung, die durch den abgewinkelten Spiegel hervorgerufen wurde. Um Gewissheit zu erlangen, markierte er den unteren Rand der Tätowierung mit einem roten Filzstift. Ein schwieriges Unterfangen, wie sich herausstellte. Er benötigte mehrere Versuche, bis er die richtige Stelle genau getroffen hatte. Am nächsten

Morgen führte sein erster Gang zum Spiegel. Er drehte den Rücken in die richtige Position und sah ungläubig auf die markierte Stelle. Die äußere Kontur des Tattoos lag nun wenige Millimeter unterhalb des roten Striches. Jonas Herz schlug laut pochend in seiner Brust, kalter Schweiß drang aus seiner heißen Stirn. Er klappte die linke Seite des Spiegels weiter ab, vergrößerte somit den einzusehenden Bereich, doch es gab keinen Zweifel, die Schlange auf seiner Haut war über Nacht größer geworden. Fast stündlich stellte sich Jonas vor den Spiegel, getrieben von einer inneren Unruhe, der er sich nicht erwehren konnte. Die Veränderungen waren in diesen kurzen Zeitabschnitten kaum zu erkennen, was Jonas anfänglich wieder beruhigte, doch am Abend lag die schwarze Kontur der Tätowierung mindestens einen Zentimeter unterhalb des roten Filzschreiberstriches. Viel Schlaf bekam Jonas in folgender Nacht nicht. Immer wieder wälzte er sich von einer Seite auf die andere. Viele Gedanken schwirrten durch seinen Kopf. Was geschah da auf seinem Rücken? Er konnte es sich nicht erklären. Würde er sich das alles nur einbilden?

Nein, diese Hoffnung bestätigte sich am nächsten Morgen nicht. Der Schlangenkörper war über Nacht weiter angewachsen, sogar deutlich. Jonas konnte den roten Strich kaum ausfindig machen, da er verblasst war und sich mitten im Schuppengeflecht der Schlange befand. Auch der Kopf des Reptils hatte sich geweitet, die gespaltene Zunge schimmerte nun durch Jonas kurzgeschnittenes Haar. Er begann zu zittern, ihm wurde schlecht und er übergab sich auf der Toilette.

Danach fühlte er sich etwas besser und duschte. Anschließend zog er sich an, nahm seine Jacke von der Garderobe, stellte den Kragen so hoch wie möglich auf, und ging in die Stadt.

Der Eingang des Wohnhauses stand offen. Jonas ging in den zweiten Stock und klopfte an die Tür des Tätowierers. Das Schild mit dem Schriftzug „Inkers Ink" war verschwunden. Niemand öffnete. Der junge Mann lauschte, hörte nichts und klopfte erneut. Nebenan wurde eine Wohnungstür geöffnet und eine ältere Frau trat auf den Flur. Von ihr erfuhr Jonas, dass die Wohnung des Asiaten seit über eine Woche leer stände, worüber sie froh sei, denn der Mann wäre ihr nicht geheuer gewesen. Jonas bedankte sich für die Auskunft und verließ enttäuscht das Haus. Er kaufte auf dem Rückweg noch einige Lebensmittel ein und verschanzte sich fortan in seiner kleinen Wohnung.

Am Ende der Woche bedeckte die Tätowierung über die Hälfte seines Rückens. Die Zunge der Schlange reichte inzwischen bis auf Jonas Schädeldecke, der Kopf des Reptils grenzte hinter seinen Ohren. Der zusammengerollte Körper zog sich weit über die Schultern. Mit der Schlange wuchs auch Jonas Unbehagen, er bekam Angst vor dem, was seit geraumer Zeit seine Haut zierte. Erst als er erleichtert feststellte, dass die Schlange wenige Tage später ihr Wachstum einstellte, fühlte er sich etwas besser. Sie ruhte kurz über einem Muttermal und überschritt den dunklen

Hautfleck in den nächsten Tagen nicht, worüber Jonas äußerst dankbar war. Er schöpfte Hoffnung, es überstanden zu haben, doch diese Hoffnung wurde eines Nachts jäh getrübt.

Es begann mit einem leichten Kribbeln, von dem er wachgerüttelt wurde. Zunächst empfand er es als angenehm, so, wie er die Stiche der Tätowiernadel als angenehm empfunden hatte. Doch das wohlige Kribbeln verstärkte sich schnell zu einem Juckreiz, der seine Haut zu zerreißen drohte. Jonas wälzte sich im Bett, rieb seinen Rücken auf der Matratze, doch das ständige Jucken ließ nicht nach. Jonas sprang auf und scheuerte seine bunte Kehrseite an einem Türrahmen. Er riss das T-Shirt von seinem Körper, stemmte den brennenden Rücken gegen die Wand und vollführte kreisende Bewegungen. Schweiß drang aus all seinen Poren, was den Juckreiz zu besänftigen schien. Das Feuer auf seiner Haut erlosch langsam, zurück blieb das leichte Kribbeln. Jonas betrachtete das Kunstwerk des Asiaten im Spiegel, dabei verflüchtigte sich die letzte Farbe aus seinem ohnehin schon blassen Gesicht. Die Schlange schien sich zu bewegen. Jonas konnte erkennen, wie sich der hintere Teil der Schlange langsam senkte. Dort, wo sich der Schwanz ursprünglich befunden hatte, zeichnete sich nun gerötete Haut ab. Die Bewegungen des Reptils waren nur minimal, doch eindeutig zu sehen. Die teuflische Tätowierung auf Jonas Rücken entwickelte ein Eigenleben, wobei die gestochene Schlange ihre Position veränderte. Nun verspürte er auch ein Spannungsgefühl auf seiner

Kopfhaut. Er merkte förmlich, wie etwas seinen Nacken herunterglitt. Jonas verrenkte seinen Hals und konnte im Spiegel beobachten, wie der Schlangenkopf sich nach unten neigte, dabei geriet der ganze Körper des Reptils in Bewegung. Langsam, im Zeitlupentempo, entknotete sich der gewundene Leib auf Jonas Rücken. Das Schwanzende hatte mittlerweile seinen Bauchansatz erreicht. Jonas begann zu zittern, überlegte kurz, einen Arzt aufzusuchen, doch was sollte dieser ausrichten. Er verwarf den Gedanken, stattdessen vereinnahmte Angst seinen Geist. Er vermochte nicht, klar zu denken. Apathisch starrte er in den Spiegel. Was er sah, durfte es nicht geben, kam einer Halluzination gleich. Ein schrecklicher Alptraum vollzog sich vor seinen Augen, nur, dass es kein Traum war, sondern furchtbare Realität.

Stück für Stück, Zentimeter um Zentimeter, mit wellenförmigen Bewegungen, rutschte der Schlangenkopf immer tiefer. Unterhalb der Schultern angekommen, änderte das Reptil die Richtung und schlängelte auf Jonas linke Achsel zu. Ihm kam es wie eine kleine Ewigkeit vor, bis der Kopf seine Achselhöhle erreicht hatte. Irgendwie ahnte er, was nun passieren würde, wollte es aber nicht wahrhaben. Der ovalförmige Kopf glitt geschmeidig durch die Achselbehaarung auf die dunkle Höhle zu, dann verschwand das Maul in Jonas Körper. Es juckte fürchterlich. Jonas kratzte sich mit der rechten Hand, kratzte über die straffierte Haut der Schlange, bis er in einen Rausch verfiel. Wie von Sinnen boxte er in seine Achselhöhle, schlug auf das pigmentierte Tier ein wie ein Berserker. Er presste die geballte Faust unter seinen Arm, wollte so den Eingang der Höhle versperren, doch die Schlange bohrte sich unbeirrt in seinen Körper hinein. Nachdem Jonas eingesehen hatte, dass er nichts ausrichten konnte, legte er beide Hände in den Nacken und blickte wie versteinert in den Spiegel. Die tätowierte Schlange lebte, schlängelte in ihrer bräunlichen Farbenpracht über seine bleiche Haut. Das hintere Ende hatte sich komplett um seinen Bauch gewickelt, dabei tauchte die Schwanzspitze in den Bauchnabel ein. Jonas stand da wie eine leblose Statue, die hilflos äußeren Einflüssen ausgesetzt war. Er konnte nicht glauben, was sich da auf seinem Köper abspielte. Ein stechender Schmerz in der Brust holte ihn aus seiner Schockstarre zurück. Es folgte ein erneuter Stich, der Jonas mit schmerzverzerrtem Gesicht zusammenzucken ließ. Der Schwanz drückte sich weiter durch den Nabel in seinen Bauch. Jonas wurde schlecht und er taumelte ins Bad.

Er erbrach gerötete Magenflüssigkeit. Nachdem er den Brechreiz überwunden hatte, fuhr er mit eiskaltem Wasser durch sein kreidebleiches Gesicht. Wieder drohte ein fürchterliches Stechen seinen Brustkorb zu sprengen. Jonas bekam einen Hustenanfall. Er beugte sich röchelnd über das Waschbecken und spuckte Blut. Minutenlang verharrte er über dem weißen Porzellan und hustete blutigen Schleim aus. Als der quälende Hustenreiz verklungen war, wusch er sich abermals durchs Gesicht und blickte anschließend in den Badezimmerspiegel. Unterhalb seines Brustbeines hatten sich zwei kleine schwarze Punkte gebildet. Noch völlig außer Atem betrachtete Jonas die Stelle genau, um mit Schrecken festzustellen, wie sich aus den beiden Punkten eine gespaltene Zunge entwickelte, die nun aus seiner Brust ragte. Langsam folgten das leicht geöffnete Maul und die goldenen Augen mit den dunklen Pupillen, die Jonas bösartig anstarrten. Immer weiter zwängte sich die Schlange aus Jonas Brust heraus, dabei schien sie mit der Zunge bedrohlich zu züngeln. Vielleicht bildete er sich das auch nur ein, aber er glaubte zischende Geräusche hören zu können, als das zum Leben erwachte Tattoo aus seinem Körper kroch. Doch war nicht alles, was er sah, nur Einbildung? Gleich würde er aufwachen und den Alptraum abschütteln wie ein staubiges Tuch.

Jonas ging zurück in den Wohnbereich, wo er durch die geöffneten Fenstervorhänge erkannte, dass die Nacht längst vorbei war. Die Sonnenstrahlen fielen genau auf den gerundeten Spiegel, vor den er sich jetzt erneut stellte. Er wusste nicht, wie viele Stunden er genau an dieser Stelle schon gestanden hatte, es kam ihm wie eine nicht enden wollende Ewigkeit vor.

Der Kopf der Schlange schlängelte sich zu seinem Hals hinauf. Ihr schuppenartiger Leib trat währenddessen weiterhin aus dem imaginären Loch unterhalb seiner Rippen hervor, wo Jonas sonderbarerweise keine Schmerzen verspürte. Der nachfolgende Schlangenkörper schob sich weiter durch die Achselhöhle. Auch seine Bauchdecke schien taub zu sein, als sich das hintere Ende der tätowierten Schlange weiter in den Nabel bohrte. Die gespaltene Zunge hatte unterdessen Jonas Kehlkopf erreicht und wanderte weiter nach rechts hinter seinen Nacken. Jonas konnte nicht einschätzen, wie viel Zeit verstrichen war, bis der Kopf auf der anderen Seite wieder zum Vorschein kam. In seinem traumatisierten Zustand hatte er jegliches Zeitgefühl verloren. Er ahnte jedoch, was das leibhaftige Ungeheuer auf seiner Haut vorhatte und das machte ihm Angst. Mit Entsetzen in den Augen beobachtete er weiterhin sein Spiegelbild.

Oberhalb des ersten Stranges, nur leicht versetzt, schlang sich das Reptil noch einmal um Jonas Hals, ehe der Kopf über seinem laut pochenden Herzen zur Ruhe kam und dort verharrte.

Minutenlang passierte nichts, doch dann spürte er einen leichten Druck auf seinem Kehlkopf. Er sah, wie sich der lange Schlangenkörper verkrümmte und mit schleichenden Bewegungen weiter zudrückte. Der gewundene Leib spannte sich um seinen Hals und würgte Jonas die Luft ab. Er merkte, wie ihm langsam das Atmen schwer fiel. Er griff mit beiden Händen an seinen Hals und zog an der farbigen Haut - vergeblich, das Reptil erhöhte den Druck kontinuierlich. Jonas begann zu röcheln, geriet wegen der ausbleibenden Luft zunehmend in Panik. Verzweifelt sah er sich um und entdeckte auf dem Tisch sein Taschenmesser. Benommen torkelte er in Richtung des Tisches, fiel dabei auf die Knie und robbte unbeholfen bis zur

Tischkante, wo er nach dem Messer tastete. Als er es zu fassen bekam, stemmte er sich an dem Tisch hoch und wankte zurück zum Spiegel. Die Zunge hing ihm aus dem Hals, sein Gesicht lief rot an und die Augen traten entsetzt aus den Höhlen hervor. Mit zittriger Hand klappte Jonas das Messer auf. Er sah in den Spiegel, doch dunkle Schleier zogen vor seinen Augen und trübten den Blick. Schemenhaft erkannte er den Kopf der Schlange auf seiner Brust prangen. Jonas bekam keine Luft mehr, seine Lungenflügel schienen hinter den Rippen zu bersten. Ohne weiter darüber nachzudenken, setzte er das Messer hinter den Augen der Schlange an und ritzte in die tätowierte Haut. Das Messer war nicht besonders scharf, deshalb erhöhte er den Druck auf die Klinge und machte einen tiefen Schnitt hinter dem Schlangenkopf. Er trennte ihn förmlich vom Rest des Rumpfes ab. Blut quoll aus der Brust und lief über die untere Hälfte des Tattoos. Die Wunde brannte, doch Jonas spürte es kaum, was er aber bemerkte war, dass er für einen kurzen Moment wieder Luft bekam. Die Schlange verlor für wenige Sekunden die Spannung, doch dann setzte die Strangulation sofort wieder ein. Aus dem tiefen Schnitt in seiner Brust strömte nicht nur Blut, sondern gleichzeitig eine bräunliche Flüssigkeit. An der Stelle, schien die Tätowierung zu verblassen. Jonas wurde die Luft nun völlig abgeschnürt, der graue Nebel vor seinen Augen verdichtete sich zusehends. Jonas Verstand füllte sich mit Todesangst, die ihn zu einer letzten Verzweiflungstat schreiten ließ. Er setzte das Messer an seinem Hals an. Als sein Geist in völliger

Schwärze abzudriften drohte, stach er zu. Blut, vermischt mit der magischen Tinktur des asiatischen Tätowierers, spritzte in unregelmäßigen Schüben auf den Boden. Bereits in finsterer Dunkelheit abgetaucht, legte Jonas instinktiv seine Finger auf die pochende Wunde und schmierte mit dem Blut, das aus seiner Halsschlagader pulsierte, etwas auf den Spiegel, was er selber nicht mehr zu lesen bekommen sollte. Mit gespreizten, tiefroten Fingern rutschte Jonas Hand den Spiegel herab, dann fiel für ihn der Vorhang des Todes und er sank leblos zu Boden.

Als Jonas Blut bereits versiegt war, rann solange Tätowierfarbe aus den beiden Wunden, bis die Schlange gänzlich von der leichenblassen Haut verschwunden war. Auf dem Spiegel stand mit blutverlaufenen Buchstaben „Inkers Ink"

Im Schatten der Feder: Teil 2 - Der Dämon

Hut und Feder

Das Leben des kleinen Mädchens hing am seidenen Faden. Ihr Schicksal forderte von den Eltern Kraft und Hingabe. Der Glaube an das Gute fiel unendlich schwer.

Der Anblick seiner Tochter versetzte Rolf Schefflers Herz in tiefe Trauer. Sonja schlief. Hinter ihren geschlossenen Lidern verbargen sich Augen, die den Glanz vergangener Tage verloren hatten. Die beklemmende Atmosphäre im Krankenzimmer, die Geräusche der Geräte, die Schläuche in ihrer Nase, all das konnte Scheffler kaum ertragen. Er stand auf, streichelte Sonja sanft über die eingefallenen Wangen und ging. Als Rolf Scheffler das Krankenhaus verlassen hatte, war er den Tränen nahe. Seine Frau Ramona würde in einer halben Stunde die Wache übernehmen. Trotz der tragischen Umstände musste er zum Polizeipräsidium fahren. Er hatte lange überlegt, ob er sich für gewisse Zeit beurlauben lassen sollte, doch nach langem Abwägen hatte er sich dagegen entschieden. Wenn er in seiner Arbeit abtauchte, konnte er die traurigen Gedanken aus seinem Kopf verdrängen. Ramona war fast rund um die Uhr für Sonja da. Sie brachte ihre ganze Kraft auf, um dem Kind in dieser schweren Zeit beizustehen. Sonja, ihre achtjährige

Tochter, das Kind, das zum Mittelpunkt ihres Lebens geworden war, führte einen Kampf mit dem Tod. Einen aussichtslosen Kampf, wie der behandelnde Arzt vor zwei Wochen verlautbaren ließ. Leukämie, akute Leukämie, diese schreckliche Diagnose ereilte die Schefflers vor knapp vier Monaten und zerbrach auf drastische Art und Weise ihr harmonisches Familienleben. Sonjas Blutbild hatte sich derart schnell verändert, dass der zierliche Körper den inne wohnenden Erregern nichts entgegenzusetzen hatte. Ihr Immunsystem brach zusammen, harmlos erscheinende Krankheiten schwächten sie zusehends. Eine Antikörpertherapie brachte nicht den erhofften Erfolg, im Gegenteil, Sonjas Zustand verschlechterte sich von Tag zu Tag. Am Schlimmsten jedoch waren die Fragen, die das Mädchen ihren Eltern immer wieder aufs Neue stellte. Muss ich sterben? Komm ich in den Himmel? Warum macht der liebe Gott nichts? Tut es weh, Papi? Kannst du mir nicht helfen, Mami? Nein, sie konnten ihrer Tochter nicht helfen, nur beistehen und unterstützen, soweit es in ihrer Macht stand. Eindeutig zu wenig.

Rolf Scheffler atmete tief durch, verdrängte die sterile Krankenhausluft aus seinen Lungen und die kranken Gedanken aus seinem Kopf. Kurz bevor er sein Auto erreicht hatte, klingelte sein Handy. Angespannt hörte er dem Anrufer zu.

„Ich komme sofort", mit diesem Satz beendete Kriminalkommissar Scheffler das Gespräch. Die

Gedanken schweiften ab vom Leid seiner Tochter, hin zum Leid anderer.

Als Scheffler am Einsatzort ankam, standen bereits zwei Polizei- und ein Rettungswagen vor der angegebenen Adresse. Einige schaulustige Anwohner drängten sich hinter der Straßensperre, die seine Kollegen aufgestellt hatten. Rolf Scheffler parkte seinen Wagen und grüßte den draußen abgestellten Polizisten. Er streifte die neugierigen Blicke der am Gitter verharrenden Anwohner. Sein Augenmerk fiel auf einen alten Mann. Sein Gesicht war mit Brandnarben übersät. Auf dem entstellten Kopf trug er einen grauen Filzhut. Als sich ihre Blicke trafen, hielt Scheffler kurz inne. Die Augen des alten Mannes schienen ihm etwas sagen zu wollen, doch Scheffler verstand die Botschaft nicht. Dann nickte der Greis ihm einmal zu und verschwand hinter der Menge.

Scheffler wandte sich ab und ging ins Haus. Im Hausflur wurde er von seinem Assistenten begrüßt. Zwei Sanitäter gingen an ihnen vorbei und verließen das Gebäude.

„Was ist vorgefallen?", fragte der Kommissar seinen Assistenten.

„Klassischer Fall von Suizid", antwortete der junge Polizeibeamte. „Der Mann hat sich die Pulsadern aufgeschnitten."

Scheffler folgte seinem Kollegen zum Tatort. Sie betraten einen Raum, der scheinbar als Büro diente. Der Mann saß vorgebeugt auf einem Drehstuhl. Die Arme hingen schlaff herab. Scheffler konnte gleich die offene

Wunde oberhalb der linken Hand erkennen. Das geronnene Blut hatte sich unter dem Schreibtischstuhl verteilt und den hellen Parkettboden in ein dunkles Rot verfärbt. Der Kopf des Mannes ruhte auf dem Schreibtisch. Tote Augen starrten Rolf Scheffler an.

„Wir haben einen anonymen Hinweis erhalten und daraufhin das Haus kontrolliert. Der Mann heißt Gerold Weller und hat als Laborrand im städtischen Klinikum gearbeitet. Er ist verheiratet, die Frau konnten wir allerdings noch nicht ausfindig machen", erklärte der junge Beamte.

Während Scheffler den Ausführungen seines Kollegen folgte, sah er sich den Tisch näher an. Direkt neben dem Kopf des Toten lag ein Blatt Papier. Der Kommissar nahm es zur Hand. In roter, leicht verlaufener Schrift stand nur ein Satz auf dem weißen Blatt.

Ich schneide mir die Pulsadern auf!

Ein ungewöhnlicher Satz für einen Abschiedsbrief, wie Scheffler fand. Rechts neben einem zugeklappten Laptop fiel sein Augenmerk auf eine weiße Schreibfeder. Sie lag auf einer fein geschnitzten, hölzernen Ablage. Auf der mit aufwendig gestalteten Verzierungen ausgestatteten Holzschale stand ein geöffnetes Tintenfass aus Speckstein. Doch die größte Faszination ging von der Schreibfeder aus. Scheffler konnte seinen Blick nicht abwenden. Er musste sie unbedingt anfassen. Als er sie zwischen den Fingern hielt, vereinnahmte eine sonderbare Wärme seinen Körper. Eine Kugelspitzfeder war in einem ebenfalls schön verzierten Holzschaft eingelassen worden. Bei genauerem Hinsehen konnte er eine dunkelrote Verkrustung an der Spitze der Schreibfeder erkennen. Es handelte sich eindeutig nicht um Tinte, sondern um Blut, wie Scheffler vermutete. Er legte die weiße Feder wieder auf die Ablage, nahm das Tintenfass und tauchte seinen kleinen Finger ein. Als er ihn wieder herauszog, klebte Blut an der Fingerkuppe. Der Mann schien den merkwürdigen Satz mit seinem eigenen Blut geschrieben zu haben.

Vor dem Laptop lag das Instrument seiner Verzweiflungstat, ein Skalpell. Auf dem hinteren Teil des Tisches befanden sich weitere Zettel. Scheffler nahm sie und drehte sie um. Es handelte sich um zwei ebenfalls mit roter Schrift beschriebene Seiten. Der Ermittler stellte sich ans Fenster und las. Die aufgesetzten Zeilen glichen einem Drehbuch. Es ging um eine Frau und deren Liebhaber. Sie hatten sich zu einem bizarren Liebesspiel in einem Blockhaus getroffen. Es kamen Handschellen zum Einsatz, wobei die Frau zusehends brutaler vorging. Aus dem Liebesspiel wurde ein grausames Folterszenario. Am Ende setzte sie das Holzhaus in Brand und beide verbrannten bei lebendigem Leibe. Scheffler stellte sich die Frage, ob es zwischen den Geschehnissen im Blockhaus und dem Selbstmord einen Zusammenhang gab. Sein Blick fiel wiederholt auf die weiße, unschuldig aussehende Schreibfeder. Ihm wurde bewusst, dass sie die Antwort in sich trug. Obwohl es völlig absurd erschien, war sich Rolf Scheffler sicher, dass ihr eine sonderbare Magie inne wohnte. Er hatte das Geheimnis der Feder gespürt und wollte es erkunden. Er musste sie in seinen Besitz bringen.

Der Kommissar wies seinen Assistenten an, dass die Leiche abgeholt werden könne. Er selbst wollte solange warten und das Haus dann verschließen. Die noch anwesenden Beamten könnten abziehen. Er beauftragte den jungen Kollegen, sich weiterhin um den Verbleib der Frau des Toten zu kümmern.

Eine halbe Stunde später wurde Wellers Leichnam abgeholt und Scheffler befand sich anschließend allein im Haus. Er suchte nach einer unauffälligen Plastiktüte und verstaute die Schreibfeder samt den dazugehörigen Utensilien darin. Nachdem er das Haus verriegelt hatte, legte er die Tüte in den Kofferraum und fuhr zur Dienststelle. Nichtsahnend war er dem Aufruf der Feder gefolgt.

Auf seinem Schreibtisch häuften sich Akten, die es zu bearbeiten galt. Damit war Scheffler den ganzen Tag beschäftigt. Ramona hatte währenddessen zweimal angerufen und verkündet, dass sie die Nacht über bei Sonja bleiben wolle, da es ihr nicht sonderlich gut ginge. Es kam in letzter Zeit häufiger vor, dass Ramona im Krankenhaus übernachtete, ein Umstand, der Scheffler nachdenklich stimmte. Ihm fiel es anschließend schwer, sich auf die Formalitäten der Berichte zu konzentrieren. Er sehnte den Dienstschluss herbei.

Zuhause angekommen, nahm er gleich eine Schmerztablette. Sein Kopf pochte, als würde jemand mit einem Hammer gegen die Schädeldecke schlagen. Scheffler schob eine Pizza in den Ofen. Während er auf die Pizza wartete, minderte die Tablette die Hammerschläge, die seinen Kopf malträtierten. Er setzte sich an den Tisch und betrachtete ein Familienfoto aus glücklicheren Tagen. Das auf Leinwand gedruckte Bild hing an der Wand und zeigte den stolzen Familienvater engumschlungen mit Ramona und Sonja. Alle drei lächelten fröhlich in die Kamera, wobei Sonjas Lächeln alles überstrahlte. Ramona war nach wie vor die Frau seines Lebens. Eine Sandkastenliebe, wie man so schön sagte. Früh hatten sie beschlossen, später zu heiraten und Kinder haben zu wollen. Die Trauung fand an ihrem gemeinsamen zwanzigsten Geburtstag statt. Sonja und Rolf wurden am gleichen Tag geboren und hatten letztes Jahr ihren Dreißigsten gefeiert. Da war die Welt für sie noch in bester Ordnung gewesen. Zwei Jahre nach der Hochzeit beschlossen sie, ihren Kinderwunsch zu realisieren. Aus einer Laune heraus strebten sie für die Geburt des Kindes ihren gemeinsamen Geburtstag an. Sie liebten sich in der errechneten Woche täglich, woraufhin Ramona tatsächlich schwanger wurde. Es kam bei Ramona zu Komplikationen, die dazu führten, dass Sonja zwei Wochen früher als geplant auf die Welt kam. Seitdem konnte Ramona keine Kinder mehr bekommen. All ihre Liebe schenkten sie fortan Sonja und sie dankte es mit ihrer Fröhlichkeit und Lebensfreude. Diese war auf dem Foto noch deutlich zu erkennen, vor allem an den strahlenden Augen. Die

Diagnose vor vier Monaten hatte die Augen trübe werden lassen. Das Glück war gewichen.

Der Geruch nach Verbranntem weckte Scheffler aus seinen Gedanken. Er eilte zum Ofen und riss die Klappe auf. Das schwarze Etwas auf dem Backblech sah ungenießbar aus. Scheffler machte sich stattdessen ein Sandwich und setze einen Tee auf.

Die eiskalte Dusche vertrieb den verfluchten Hammerträger vollends aus seinem Kopf. Er rief Ramona an und erkundigte sich nach Sonjas Wohlbefinden. Seine Frau ließ verlautbaren, dass die Kleine seit zwei Stunden tief und fest schlief. Auch sie wollte versuchen zu schlafen, was ihr bis dahin noch nicht gelungen war. Rolf Scheffler sendete liebevolle Küsse durch die Leitung und legte auf. Anschließend ging er zum Auto und holte die unscheinbare Plastiktüte aus dem Kofferraum.

Das Tintenfässchen und die Kugelspitzfeder säuberte Scheffler mit warmem Wasser. Nachdem er alles sorgfältig gereinigt und abgetrocknet hatte, platzierte er das seltsame Schreibsortiment auf dem Schreibtisch. Draußen dämmerte es bereits, darum ließ Scheffler die Rollläden herunter und schaltete die Schreibtischlampe an. Die weiße Gänsefeder erstrahlte jungfräulich im hellen Schein der Lampe. Sie sah aus wie neu. Dass sie jedoch hunderte von Jahren alt war, ahnte der neue Besitzer nicht. Auch die schrecklichen Geschichten, die sich um sie rankten und die mit ihr geschrieben worden waren, blieben ihm verborgen. Was er spürte, war die magische Aura, die von der Feder ausging. Sie hüllte ihn ein, wie ein Kokon. Die Feder wollte etwas von ihm, das war Scheffler bereits klar geworden, als er sie in Wellers Haus gesehen hatte. Oder wollte er etwas von ihr? Warum hatte er sie sonst heimlich mit nach Hause genommen? Weil der alte Mann am Straßenrand genickt hatte? Der Mann mit dem Hut ging ihm seitdem nicht mehr aus dem Kopf. Scheffler vermutete, dass er der anonyme Anrufer gewesen sein könnte. Wieder nur eine Vermutung, von der er sicher war, dass sie der Wahrheit entsprach. Von allem umgeben war die Hoffnung. Die Hoffnung, die Feder könne Gutes bewirken. Die Hoffnung, in ihr läge der Schlüssel für Sonjas Heilung. Ein wünschenswerter Gedanke, so abwegig er auch schien, doch Rolf Scheffler glaubte fest daran. Je länger er die Feder ansah, umso mehr steigerte sich dieser Glaube und untermauerte die Hoffnung. Er musste etwas unternehmen, er brauchte die Bestätigung seines Glaubens.

Scheffler ging in Sonjas Zimmer und holte aus der Schulmappe eine Tintenpatrone. Zurück im Büro, schnitt er die vordere Kappe ab und ließ die blaue Tinte ins Tintenfass tröpfeln. Die leere Patrone wickelte er in eine Serviette und warf sie in den Müllkorb. Das kleine Fässchen stellte er in die dafür vorgesehene Mulde der hölzernen Unterlage. Er nahm ein leeres Blatt Papier aus der Ablage und legte es vor sich auf dem Tisch ab. Mit leicht zitternder Hand griff er zur Schreibfeder. Wieder durchfuhr ihn diese kribbelnde Wärme, als er sie zwischen den Fingern hielt. Dieses angenehme Gefühl beruhigte seine Hand, sodass er die Feder vorsichtig in das Fässchen eintauchen konnte. Er tupfte die Spitze leicht auf einer sauberen Serviette ab, wo die Tinte einen verfranzten blauen Fleck hinterließ. Scheffler hatte noch nie mit solch einem filigranen Schreibgerät geschrieben. Auch wusste er nicht, was er überhaupt schreiben sollte. Eine seiner Hoffnungen war gewesen, dass die Feder es ihm sagen würde. Dem schien nicht so zu sein. Die Hand schwebte unentschlossen über dem Papier. Die Feder ruhte zwischen seinen Fingern und erstrahlte in ihrem unschuldigen Weiß. Scheffler zwang sich, seine Hand sinken zu lassen. Die Spitze der Feder berührte das Blatt Papier. Ein kleiner blauer Punkt entstand. Scheffler vereinte seine Gedanken mit der führenden Hand und setzte sie somit in Bewegung.

Liebe Sonja,….

Der letzte Buchstabe verblasste, da die Tinte an der Kugelspitzfeder versiegt war. Scheffler tauchte sie erneut ein.

….ich wünschte….

Diesmal versiegte nicht nur die Tinte, sondern auch der Gedankenstrom, der seinen Verstand mit der schreibenden Hand verband. Scheffler wusste nicht weiter, konnte den Satz nicht zu Ende bringen, da er vergessen hatte, was er schreiben wollte. Er verharrte mit der Feder über dem Blatt Papier. Er dachte nach, doch etwas in ihm blockierte seine Gedankengänge. Enttäuscht legte er die Feder auf der Holzunterlage ab. Was hatte er eigentlich erwartet? Verzweifelt beugte er sich über den angefangenen Brief und stützte seinen bleiern wirkenden Kopf mit den Händen ab. Er fühlte sich schwer an, obwohl eine seltsame Leere ihn einvernahm. Aus der Leere löste sich eine Träne und verwischte die Wünsche, die er niederschreiben wollte. Traurige Dunkelheit umgab den besorgten Familienvater.

Das Klingeln an der Haustür weckte Scheffler aus seiner Lethargie. Er musste eingeschlafen sein. Nur mühsam erhob er sich vom Stuhl und ging schweren Schrittes durch den Flur. Vor der Tür hatte der Bewegungsmelder die Außenbeleuchtung angeschaltet. Scheffler öffnete die Haustür. Niemand stand draußen. Rolf Scheffler ging bis zur Straße. Selbst da war rechts und links niemand zu sehen. Scheffler machte kehrt, wollte zurück ins Haus gehen, als er auf dem Treppenstein etwas liegen sah. Als er nahe genug war, erkannte er den Gegenstand. Auf dem Treppenstein lag ein Hut, ein grauer Filzhut.

Scheffler hob ihn auf und begab sich, nachdem er noch einmal umgeblickt hatte, zurück ins Haus. Mit dem Hut in der Hand, setzte er sich wieder an den Schreibtisch. Er drehte den dunkelgrauen Filzhut, beäugte ihn von allen Seiten. Er war relativ klein, hatte eine leicht oval gerundete Form mit schmaler Krempe, die an einigen Stellen ausgefranst war. Scheffler dachte erneut an den alten Mann, den er hinter der Absperrung gesehen hatte. Er hatte ihm zugenickt und genau diese Kopfbedeckung getragen. Doch warum lag der Hut nun vor seiner Haustür? Scheffler wendete ihn und sah hinein, hoffte auf einen Hinweis, vielleicht steckte ein Zettel im Saum. Nichts. Nur der Geruch von Verbranntem stieg in seine Nase. Scheffler verspürte den Zwang, ihn aufsetzen zu müssen. Er hob die stark nach Rauch riechende Kopfbedeckung über sein Haupt und senkte sie behutsam ab. Der Hut schmiegte sich förmlich an seinen Kopf, er passte wie angegossen. Schefflers Haare schienen unter dem Hut zu elektrisieren. Die Kopfhaut fing an zu kribbeln. Feinste Blitze züngelten in den leeren Raum seiner Gedanken und leuchteten hell vor seinen Augen auf. Rolf Scheffler starrte auf das weiße Blatt Papier, welches merkwürdig zu flackern begann. Dann erschien plötzlich eine Hand.

Die Hand hielt die weiße Feder zwischen den Fingern und begann zu schreiben. Gebannt blickte Scheffler auf das Blatt Papier, das jetzt als Leinwand diente. Die Bilder waren schwarz-weiß und flimmerten wie bei einem alten Stummfilm. Doch als die Feder aufsetzte, zeichnete sich der erste Buchstabe in roter Farbe auf dem Blatt ab. Die Schreibfeder verfasste einen Absatz, den Scheffler kaum entziffern konnte. Nur einige Worte, wie Blockhaus und Bett schnappte er auf, dann veränderte sich die Leinwand. Er sah ein Holzhaus, im Hintergrund zeichnete sich ein See ab, den Scheffler zu kennen glaubte. Ein Mann und eine Frau gingen in dieses Haus. Scheffler sah Teile der Einrichtung, unter anderem ein Metallbett. Dann verblassten die schwarz-weißen Bilder. Wieder wurde die Hand mit der Feder auf das Blatt projiziert und sie schrieb einen weiteren Absatz in blutroter Schrift. Im Wechsel sah Scheffler Texte, dann die dazugehörigen Bilder. Bevor die Hand ein letztes Mal erschien, stand das Blockhaus in Flammen.

Die letzten Worte der Feder konnte Scheffler deutlich lesen.

Ich schneide mir die Pulsadern auf!

Die weiße Feder verschwand von der Leinwand. Leere, nur noch reflektierendes Flimmern auf weißem Papier blieb zurück. Scheffler wartete gespannt. Wie aus dem Nichts schob sich eine geballte Faust auf das Blatt. Die Knöchel traten hell hervor. Die prall gefüllten Venen, deutlich zu erkennen. Am rechten Bildrand tauchte ein Skalpell auf, näherte sich dem pulsierenden Handgelenk und durchtrennte die Adern. Blut floss in Strömen aus der klaffenden Wunde und tränkte die weiße Leinwand in dunkles Rot. Vor Schefflers Augen entstand ein Bild des Grauens, erzeugt von dem Blut des Autors. Scheffler riss den Hut vom Kopf und schlug mit der flachen Hand gegen seine Stirn. Er hatte genug gesehen und wollte die Blitze aus seinem Versand vertreiben. Dann endete die mysteriöse Filmvorstellung. Die Bilder vor seinen Augen verschwanden. Zurück blieb nur der angefangene Brief.

Liebe Sonja, ich wünschte....

Nun wusste Rolf Scheffler, was er sich wünschte, und wie er diesen Wunsch verwirklichen konnte.

Licht und Schatten

Am frühen Morgen des nächsten Tages fuhr Kommissar Rolf Scheffler gleich zum Krankenhaus. Seine Frau erwartete ihn bereits sehnsüchtig. Sonja lag im Bett und hatte die Augen geschlossen. Sie war mit diversen Geräten verbunden, die ihren Kampf gegen den Krebs erleichtern sollten.

„Wie geht es Ihr?", fragte Rolf und sah seine Frau mit müden Augen an. Er hatte in der letzten Nacht kaum geschlafen. Die mysteriösen Ereignisse des Abends hallten immer noch nach und hatten Spuren hinterlassen.

„Sie hat kaum noch Kraft, Rolf. Es fällt ihr schwer, die Augen zu öffnen. Nur die Maschinen mindern ihren Schmerz. Was sollen wir nur tun, Rolf?" erwiderte Ramona mit den Tränen ringend.

„Ich weiß es nicht, Schatz! Wir dürfen nicht die Hoffnung verlieren und müssen den Glauben an das Gute bewahren. Vielleicht geschieht noch ein Wunder und alles wird wieder gut."

„Was für ein Wunder? Das einzige, was Sonja hätte eventuell retten können, wäre eine Knochenmarkspende gewesen, doch dafür ist es jetzt zu spät!", sagte Ramona verzweifelt, wobei sie ihre Tränen nicht mehr zurückhalten konnte.

Rolf nahm seine Frau tröstend in den Arm und küsste ihre Wange.

„Wir sollten jetzt nicht verzweifeln, Ramona. Wir müssen vor Sonja Stärke beweisen, ihr unsere

Zuneigung schenken und Mut zusprechen. Du bist müde, Schatz und brauchst Schlaf. Ich fahre jetzt kurz zur Dienststelle, dann komme ich zurück und übernehme den Rest des Tages. Heute Abend tauschen wir dann wieder. Ruh dich bis dahin aus, Ramona. Sonja braucht dich so sehr wie nie zuvor!"

Rolf Scheffler verabschiedete sich von seiner Frau mit einem zärtlichen Kuss und fuhr zum Revier.

Er schickte gleich einen Streifenwagen zu dem See, wo er das Blockhaus vermutete. Unter einem Vorwand besorgte er sich aus der medizinischen Abteilung mehrere Einwegspritzen, die für Blutentnahmen verwendet wurden. Bereits eine Stunde später löste er Ramona im Krankenhaus ab.

Lange Zeit saß er neben dem Bett und sah seine Tochter stumm an. Sie schlief, atmete ruhig. Scheffler fasste einen Entschluss. Er holte eine der Spritzen hervor und entfernte die Schutzfolie. Behutsam fasste er Sonja um den Oberarm und erhöhte langsam den Druck seines Griffes. Auf Sonjas Unterarm zeichneten sich nun ihre Adern ab. Scheffler zog die Kappe von der Spritze und visierte eine der hervorgetretenen Venen an. Schweiß stand auf seiner Stirn, als er vorsichtig einstach.

„Aua. Was machst du da, Papi?"

Scheffler zuckte erschrocken zusammen, wobei ihm fast die Spritze aus der Hand geglitten wäre. Er sah seine Tochter an, deren Augen nun weit geöffnet waren.

„Ich nehme dir ein bisschen Blut ab, Liebes", antwortete Rolf sichtlich überrascht.

„Warum?"

Rolf dachte kurz nach: „Weil ich dir helfen möchte, Liebes. Ich habe einen Zauberer getroffen, einen Zauberer mit einem magischen Hut. Ich habe ihm von dir erzählt, dann war er ganz traurig. Deshalb möchte er versuchen, den bösen Geist aus deinem Körper zu vertreiben. Dafür braucht er etwas von deinem Blut, damit er es verzaubern kann. Was meinst du, soll ich es ihm bringen?" fragte Rolf und sah Sonja hoffnungsvoll an.

„Ja klar, Papi. Er soll den bösen Krebs wegzaubern, damit es mir wieder besser geht!"

„Okay, dann musst du aber kurz ganz still halten und tapfer sein, Kleines!"

Scheffler nahm die Hand von Sonjas Oberarm und zog mit der Spritze einige Milliliter Blut aus der Ader. Sonja sah ihm dabei fasziniert zu. Abschließend steckte er die Kappe wieder auf und verstaute die Spritze in der Jacke.

„So, erledigt. Ich kann dir aber nicht versprechen, ob der Zauber auch wirkt. Sowas hat der Magier mit dem Hut noch nie gemacht. Ich schlage vor, wir erzählen Mama nichts davon. Es ist unser Geheimnis, bis wir wissen, ob es funktioniert hat, okay Liebes."

„Okay Paps, wir haben jetzt ein Geheimnis. Darf ich nun weiter schlafen, ich bin müde."

„Natürlich, Liebes. Ich bleibe so lange, bis Mama kommt", versprach Rolf und gab seiner Tochter einen sanften Kuss auf die Stirn. Sie lächelte und schlief augenblicklich wieder ein.

Wie vereinbart kam Ramona am frühen Abend. Sie sah erheblich ausgeruhter aus als noch am frühen Morgen. Beide sprachen lange miteinander, dann verabschiedete sich Rolf und fuhr nach Hause.

Ramona hatte bereits ein Abendessen vorbereitet, er brauchte es nur in der Mikrowelle aufwärmen. Während er aß, klingelte das Diensthandy. Schefflers junger Assistent teilte ihm mit, dass man am See ein abgebranntes Holzhaus vorgefunden habe, sowie zwei bis zur Unkenntlichkeit verbrannte Leichen. Einen Mann und eine Frau, bei der es sich womöglich um Nadine Weller handeln könnte. Morgen würde er sicherlich mehr wissen. Scheffler bedankte sich für die Auskunft und legte auf. Sofort wanderten seine Gedanken wieder zu den absurden Geschehnissen des vergangenen Abends, die noch fest in seinem Verstand verankert waren. Die Aussage des jungen Kriminalbeamten bestätigte, was er mit eigenen Augen gesehen hatte. Und sie verstärkte den Drang, das zu tun, was er sich seitdem fest vorgenommen hatte.

Rolf Scheffler ging ins Arbeitszimmer, nahm den Hut vom Regal und legte ihn auf den Tisch ab. Aus der untersten Schublade holte er die Schreibutensilien hervor. Er nahm die Spritze mit Sonjas Blut, entfernte die Kappe, dann drückte er den kranken Lebenssaft vorsichtig in das Tintenfass. Er stellte das gefüllte Fässchen in die Mulde der Holzschale ab. Scheffler zog ein neues Blatt Papier aus der Ablage und platzierte es vor sich auf dem Schreibtisch. Nun keimten Zweifel in ihm auf. Glaubte er wirklich an den Hokuspokus? Hatte er etwa schon den Verstand verloren? Nein. Er musste mit der Schreibfeder schreiben. Mit dem Blut der Tochter. Nur was? Er würde es wissen, wenn er den Hut aufsetzte.

Scheffler nahm die graue Kopfbedeckung und senkte sie auf sein Haupt. Sofort verspürte er wieder dieses angenehme Kribbeln. Auf dem Blatt erschienen keine Bilder. Scheffler war ganz entspannt, kam sich vor, wie in einer anderen Welt. Die Nöte und Ängste, die auf seinen Schultern lasteten, wurden ihm genommen. Er ließ sich fallen, ließ geschehen, was geschehen sollte. Seine Hand griff nach der weißen Feder und er tauchte sie in Sonjas, durch den Krebs, verdorbenes Blut. Gedankenverloren sah Scheffler zu, wie seine Hand mit der Feder eine verschwörerische Einheit bildete und schrieb. Ihre weiße Pracht am Kiel, schien sich bei jedem Eintauchen in das Fässchen mehr zu entfalten. Die magische Wärme, die Schefflers Kopf umgab, ließ seine Gedanken mit dem Hut verschmelzen. Er sah das Rot auf dem Blatt, erkannte aber nicht die Worte, die die weiße Feder verfasst hatte. Als sie ihr Werk vollendet hatte, legte Schefflers Hand die Feder auf der Schale ab. Die Wärme unter dem Hut erlosch. Scheffler nahm ihn ab. Seine Gedanken waren wieder klar und deutlich. Vor sich auf dem Papier las er vier Zeilen. Worte aus Blut.

Im Licht stehe die Wirtin des Blutes.
Ihr widerfahre Gutes.
Im Schatten der Feder stehe der Urheber.
Er verfalle der Macht des Hutes.

Scheffler konnte sich nicht erinnern, diese Sätze geschrieben zu haben. Er las sie ein weiteres Mal. Die ersten beiden Zeilen waren seiner Tochter gewidmet, daran hegte er keinen Zweifel. Sie weckten Hoffnung in ihm. Doch was sagten die anderen beiden Zeilen aus? War er als Urheber gemeint? Er, als Sonjas Erzeuger und Verfasser dieser blutigen Worte? Daran wollte er jetzt keine Gedanken verschwenden. Wichtig war nur Sonja, ihr sollte Gutes widerfahren. Darauf hoffte er.

Am nächsten Morgen fuhr er sehr früh zum Krankenhaus. Ramona sah ausgesprochen müde aus. Sonja hingegen blickte ihm hellwach entgegen.

„Na meine Schätze, wie geht es euch?", fragte Rolf, wobei er Ramonas geröteten Wangen streichelte.

„Deine Tochter hat mich gerade gefragt, ob wir dieses Jahr wieder in den Urlaub fahren", erwiderte Ramona mit leicht zitternder Stimme.

„Wenn du wieder ganz gesund bist, fahren wir selbstverständlich in den Urlaub. Wohin du willst. Wie geht es dir denn, Kleines?"

Auch Rolfs Stimme klang angespannt, fast ängstlich.

„Besser, Paps, ich bin nur sehr müde und möchte gleich wieder schlafen. Warst du bei dem Zauberer?", fragte Sonja und hielt sich sofort die Hand vor den Mund.

„Ja!"

„Was für ein Zauberer?", unterbrach Ramona.

„Ich habe Sonja von einem Zauberer erzählt, den ich als Kind in meinen Träumen besucht habe, wenn ich krank war. Sonja hat mich gebeten, ihn nochmal zu besuchen, um zu fragen, ob er ihr helfen kann. Heute Nacht habe ich von ihm geträumt und gefragt."

„Und, was hat er gesagt?", wollte Ramona wissen.

„Er hat seinen Zauberhut aufgesetzt und genickt."

Die Visite kam ins Krankenzimmer, woraufhin Ramona und Rolf den Raum verlassen mussten. Ramona wollte die Untersuchungsergebnisse abwarten und anschließend für ein paar Stunden nach Hause fahren. Am liebsten wäre Rolf bei ihr geblieben, die Neugierde nagte an seinen Nerven, doch er musste zum Dienst.

Auf dem Polizeipräsidium traf er als Erstes auf Kirchner, dem Leiter der Drogenfahndung. Er bemängelte sofort einen unvollständigen Bericht von Scheffler, den er auf seinem Schreibtisch vorgefunden hatte. Beide argumentierten lautstark, doch Kirchner setzte sich durch und verlangte einen neuen Bericht. Die beiden ermittelten in unterschiedlichen Abteilungen, es kam jedoch häufiger vor, dass bei Tötungsdelikten Drogen im Spiel waren.

Scheffler kannte Kirchner schon lange und mochte ihn nicht. Vor Jahren hatte er versucht, Ramona zu verführen. Sie hatte es ihrem Mann später gestanden. Doch das war nicht der einzige Grund für seine Abneigung gegenüber Kirchner. Der Mann war arrogant und lebte über seine Verhältnisse. Scheffler hielt ihn für korrupt, konnte es aber nicht beweisen. Kirchner wurde aufgrund seiner vielen Ermittlungserfolge schnell befördert. Seitdem fuhr er teure Autos und hatte ein großes Anwesen am Rande der Stadt gekauft, wo er mit seiner Frau und den zwei Kindern wohnte. Während die hübsche Frau mit den beiden kleinen Töchtern das Haus hütete, streifte er nachts durch die Clubs der Stadt, das hatte sich mittlerweile auf dem Revier herumgesprochen. Kirchner stritt diesen Umstand auch nicht ab. Er behauptete, er würde sich in den Bars mit Informanten treffen. Kontaktpflege nach Dienstschluss, wie er es nannte.

Die beiden trennten sich wortlos und Scheffler verfasste missmutig einen neuen Bericht. Von seinem Assistenten erfuhr er später, dass es sich bei dem Leichenfund am See tatsächlich um Nadine Weller handelte. Die Identität des Mannes konnte noch nicht eindeutig festgestellt werden, doch der Wagen, der an der Unglücksstelle gestanden hatte, war auf den Namen Justin Kramer zugelassen.

Der Rest des Tages verlief zäh und ereignislos. Scheffler war froh, als Ramona anrief, da der behandelnde Arzt beide zu einem Gesprächstermin gebeten hatte.

Wenig später saß er mit seiner Frau im Büro des Arztes. Der Mann im weißen Kittel versuchte ihnen etwas zu erklären, was er selber nicht verstehen konnte. Das Blutbild ihrer Tochter habe sich quasi über Nacht verändert. Die Zahl der funktionstüchtigen weißen Blutkörperchen hätte sich merklich erhöht, während der Anteil der erkrankten Zellen rapide zurückgegangen sei. Ihr Immunsystem würde sich wieder stabilisieren. So unglaublich es auch klang, die Laborwerte seien eindeutig. Er hob mahnend die Hände, sie mögen nun nicht in Euphorie verfallen, Sonja müsse weiterhin intensiv beobachtet werden.

Die folgende Nacht verbrachten Ramona und Rolf erstmals seit langem wieder zusammen. Sie liebten sich leidenschaftlich.

Der Dämon mit dem Hammer kehrte am nächsten Morgen wieder zurück. Er hämmerte unentwegt gegen Schefflers Schädeldecke. Notgedrungen schluckte er Schmerztabletten, was die Schläge langsam minderte. Während seine Frau bei Sonja war, quälte sich der Kriminalbeamte durch den Dienstalltag. Die darauffolgende Nacht endete für ihn schlaflos. Die Schläge in seinem Kopf ließen ihn nicht zur Ruhe kommen. Scheffler besorgte sich aus der Apotheke stärkere Tabletten, nur so konnte er sich über den Tag retten. Drei Tage nach Sonjas erfreulicher Diagnose sah er keinen anderen Ausweg. Der Dämon, oder um was es sich auch immer in seinem Kopf handelte, zwang ihn dazu. Der Schmerz führte ihn zu Hut und Feder.

Als er den grauen Filzhut aufsetzte, ließen die Schläge augenblicklich nach. Die bekannte Wärme durchfuhr Scheffler und glättete die Wogen des Schmerzes. Helle Blitze züngelten wieder durch seinen Kopf und projektierten Bilder auf das leere Blatt Papier, welches er wohlwissend vor sich auf dem Tisch abgelegt hatte.

Flackernde Bilder entstanden, schwarz und weiß. Zwei Männer gingen aufeinander zu. Beide hatten einen dunklen Koffer in der Hand. Bei dem Mann am rechten Bildrand handelte es sich um Kirchner. Scheffler konnte ihn trotz der wackligen Bilder gut erkennen. Der andere Mann öffnete seinen Koffer. Helle Beutel kamen zum Vorschein. Kirchner nickte, woraufhin die Männer die Koffer tauschten. Der Drogenkurier kontrollierte den Inhalt des Koffers, drehte sich um und wollte gehen, als Kirchner eine Waffe zog. Er richtete die Pistole auf den Rücken des anderen Mannes. Dann verharrte das Bild.

Unter dem Hut vernahm Scheffler wieder dumpfe Schläge. Ein Zeichen? Die Feder verlangte nach ihm, verlangte nach seinem Blut! Scheffler nahm eine neue Spritze, die er in der unteren Lade aufbewahrte. Er fuhr mit der feinen Nadel in eine seiner Venen und entnahm etwas von seinem Blut. Er ließ es ins Tintenfass tropfen. Seelenruhig griff er nach der Feder, die bereits nach dem Blut lechzte und es gierig aufsog. Scheffler setzte die Feder auf. Ein fordernder Hammerschlag im Kopf, dann schrieb Rolf Scheffler...

Kirchner schießt ihn in den Rücken!

Eine rote Fontäne schoss aus dem Rücken des Mannes, der anschließend leblos zu Boden fiel, dann verblasste das Bild und verschwand.

Scheffler las den blutverlaufenen Satz ohne Reue. Die Feder hatte nach einem Opfer verlangt, er war nur ihren Forderungen gefolgt. Scheffler legte die Feder zurück auf die Schale und nahm den Hut ab. Der Dämon mit dem Hammer war verschwunden.

Bei dem Mordopfer handelte es sich um den Sohn eines berüchtigten Drogenbarons, der im Milieu die Fäden zog. Obwohl die Fahnder von seinen Machenschaften wussten, konnten sie ihm bislang nichts nachweisen. Kirchner war schon vor Ort, als Rolf Scheffler eintraf. Sie besprachen nur das Nötigste. Kirchner erwies sich entgegen seiner Gewohnheit als äußerst wortkarg. Er schien nervös zu sein. Auch Scheffler hüllte sich über sein Wissen in Schweigen. Beide einigten sich darauf, dass es sich bei der Tat um einen Racheakt handeln könnte. Nur Scheffler wusste, von wem die Rache ausging.

Glück und Leid

Sonja durfte zwei Wochen später das Krankenhaus verlassen. So unglaublich es auch klang, die Ärzte attestierten ihre völlige Genesung. Sie hatte den Krebs besiegt. Einmal die Woche sollte sie zur Nachuntersuchung erscheinen, ansonsten konnte sie ihr normales Leben wieder aufnehmen.

Als Sonja wieder zu Hause war und mit ihr das Glück Einzug gehalten hatte, meldete sich der Dämon zurück. Anfangs bedächtig, um nicht in Vergessenheit zu geraten. Doch die Schläge wurden von Tag zu Tag wuchtiger. Scheffler konnte sich der Schmerzen nicht erwehren, konnte sich dem Verlangen der Feder nicht entziehen. Wie ein dunkler Schatten legte sich ihre finstere Magie über Scheffler und zwang ihn zum

Handeln. Er musste erneut ein Opfer bringen. Mitten in der Nacht folgte er dem Ruf der Feder.

Er bereitete alles vor, entnahm Blut, da er wusste, dass er es benötigen würde, und setzte den Hut auf. Wie nicht anders zu erwarten, erschienen wieder Bilder auf der Leinwand aus Papier. Zwei Autos fuhren auf ein verlassenes Fabrikgelände, das Scheffler kannte. Aus dem einen Fahrzeug stiegen drei Männer, aus dem anderen Kirchner. Er trug einen Koffer und ging auf die Männer zu. Das Abblendlicht der Fahrzeuge erzeugte ein fahles Licht in der ansonsten dunklen Nacht. Kirchner öffnete den Koffer. Der Wortführer der Männer nahm ihn an sich, während die beiden anderen hinter Kirchner standen. Plötzlich packte der eine zu und drehte Kirchners Arm auf den Rücken, dabei zog er den Kopf an den Haaren zurück. Der andere Mann hielt ihm eine Waffe an den Kopf. Der Wortführer stellte den Koffer ab und schlug Kirchner in den Magen. Dann zückte er ein Messer und hielt es dem Drogenfahnder an die Kehle. Auf dem Mittelfinger der Hand, die das Messer hielt, prangte ein Totenkopfring. Der Film stoppte. Scheffler blickte auf das Messer. Die Klinge und der Totenkopf glitzerten bedrohlich im Licht der Scheinwerfer.

Scheffler tauchte die Feder in sein Blut und schrieb...

Er schneidet ihm die Kehle durch!

Blut spritzte aus Kirchners offenem Hals. Das Bild verblasste, übrig blieben nur die blutigen Worte. Scheffler setzte den Hut ab, las und zeigte keine Reue.

Er hatte Kirchner geopfert, um die Gier der Feder zu stillen, und um den Dämon in seinem Kopf zu besänftigen. Scheffler war nun endgültig dem Bann der weißen Feder verfallen.

Der Dämon hatte sich zurückgezogen.

Kirchners Tod löste Entsetzen auf dem Präsidium aus. Alle Hebel wurden in Bewegung gesetzt, um den Täter zu fassen. Scheffler vernahm den vermeintlichen Drogenboss, dabei musste er unweigerlich auf den Totenkopfring starren. Der Mann hatte ein lupenreines Alibi. So verliefen die Ermittlungen zunächst im Sande.

Wie sie es ihrer genesenen Tochter versprochen hatten, fuhren die Schefflers in den Urlaub. Sie verlebten zwei wunderschöne Wochen. Sonja war in ihrer Lebensfreude kaum zu bändigen, als hätte es das Leid vergangener Tage nie gegeben. Ramona und Rolf hatten das verlorengeglaubte Glück zurückgewonnen. Sonja wurde wieder zum strahlenden Mittelpunkt ihres Lebens. Man konnte ihr die Strapazen der letzten Monate nicht mehr ansehen. Auch Scheffler verdrängte die schrecklichen Ereignisse, die ihn in den Sog der Feder gezogen hatten. Selbst die grausamen Taten, zu denen er gezwungen worden war, gerieten in den Hintergrund. Der Dämon ließ ihn in Frieden. Bis zu dem Tag, an dem Sonja Geburtstag hatte. Er hatte ihn vergessen.

Anfangs ließ sein Kurzzeitgedächtnis nach. Er vergaß gelegentlich, wo er seine Schlüssel abgelegt hatte, oder Telefonnummern, die er eigentlich verinnerlicht hatte, fielen ihm nicht mehr ein. Dann verblassten zunehmend Erinnerungen aus der Vergangenheit. Mit der Vergesslichkeit kehrte der Dämon an bekannter Stätte zurück. Er vereinnahmte Schefflers Kopf mit einer Welle ungeahnter Schmerzen. Die Hammerschläge drohten seinen Schädel zu sprengen. Irgendwann verloren die Tabletten vollends ihre Wirkung. Noch konnte er die Beschwerden vor seiner Familie verbergen. Doch als Ramona bemerkte, dass etwas mit ihrem Mann nicht stimmte und sie ihm riet, einen Arzt aufzusuchen, begab sich Scheffler aus freien Stücken in den Schatten der Feder. Sie hatte Sonja, der Wirtin des Blutes, über unsägliches Leid hinweggeholfen, warum half sie nicht ihm? Warum musste er im Schatten, unter der Macht des Hutes, stehen? Hatte er als Urheber nicht schon alles getan, um den Blutrausch der Feder zu stillen? Warum verlangte sie erneut nach ihm? Musste er weitere Opfer bringen weil der Dämon in seinem Kopf zu mächtig geworden war?

Rolf Scheffler hatte sich den Tag frei genommen. Sonja war in der Schule und Ramona zu ihren Eltern gefahren. Er verschanzte sich im Büro. Die Hammerschläge dröhnten in seinem Kopf. Erst als er den Hut aufsetzte, verstummten sie. Zum ersten Mal hatte Scheffler Angst vor dem, was er auf der kleinen Leinwand zu sehen bekommen würde. Die weiße Feder lag bereit, sein Blut ruhte im Tintenfass, das Blatt Papier wurde zum Leben erweckt.

Er sah durch die Windschutzscheibe eines fahrenden Autos in eine nebelverhangene Dunkelheit. Im Licht der Scheinwerfer rasten die weißen Mittelstreifen der Straße über die Leinwand. Das riesig wirkende Fahrzeug fuhr schnell. Zwei Hände umklammerten das Lenkrad. Auf dem Mittelfinger der rechten Hand glitzerte silbern ein Totenkopfring. Der Wagen durchfuhr eine scharfe Linkskurve, ohne die Geschwindigkeit zu mindern. Am Straßenrand rauschten bedrohlich dunkle Bäume durchs Bild. Der Nebel wurde dichter. Plötzlich tauchten im Scheinwerferlicht drei Gestalten auf. Das Fahrzeug raste direkt auf sie zu. Kurz vor dem Aufprall drehten sich die Gestalten um, und der Film vor Schefflers Augen stoppte. Er blickte in die entsetzten Gesichter von Frau Kirchner und ihrer Kinder.

Scheffler starrte wie traumatisiert auf das Bild. Ein dumpfer Hammerschlag weckte ihn aus der Lethargie, forderte ihn zum Handeln auf. Die Feder verlangte nach seinem Blut, verlangte nach dem Blut der Kirchners. Als Scheffler mit zitternder Hand nach der Feder griff, hatte er einen Entschluss gefasst. Er führte das böswillige Schreibgerät zum Blatt, doch bevor er die Spitze aufsetzte, schlug er mit der anderen Hand unter die Krempe des Hutes. Der Hut flog von seinem Kopf und Scheffler schrieb so schnell er konnte drei Worte.

Er weicht aus!

Die Feder forderte seine Hand auf weiterzuschreiben, forderte Opfer, doch Scheffler konnte sich ihrem qualvollen Verlangen entziehen. Er löste krampfhaft seine Finger vom Federhalter. Das teuflische Schreibgerät fiel neben das Blatt Papier und die Bilder setzten sich wieder in Bewegung.

Der Fahrer riss im letzten Moment das Lenkrad nach links herum. Das Fahrzeug geriet ins Schleudern und prallte gegen einen Baum. Das Blatt verfärbte sich in ein tiefes, düsteres Schwarz und riss Scheffler mit in die Dunkelheit der Ohnmacht.

Jemand versuchte ihn zu wecken, doch Scheffler wollte sich nicht aus der Stille der Finsternis befreien lassen. Hut, Feder, Dämon, keiner konnte ihm hier etwas anhaben, der Schmerz lag im Verborgenen. Nur der besorgten Stimme seiner Tochter konnte er sich nicht widersetzen.

„Papa, aufwachen!"

Es rüttelte an seiner Schulter. Die Dunkelheit geriet ins Wanken, wurde durchflutet vom Licht der Wirklichkeit und von Sonjas Stimme.

„Papa, aufwachen!"

Scheffler öffnete die Augen, sah seine Tochter an.

„Geht es dir nicht gut, Papa?", fragte sie ängstlich.

„Ja, alles okay, Liebes, mir geht es gut, ich muss wohl eingeschlafen sein", beruhigte er Sonja.

„Du hast aber fest geschlafen. Schon vor einer Stunde habe ich versucht dich zu wecken. Dann hat der Zauberer gesagt, ich solle dich schlafen lassen", sagte Sonja.

„Welcher Zauberer?"

„Der alte Mann mit dem gruseligen Gesicht. Er hat an der Tür geklingelt, doch du hast ja geschlafen. Ich glaube, dass er dann auf mich gewartet hat, denn er kannte meinen Namen, wusste wer ich bin. Der alte Mann hat sich gefreut, mich zu sehen und gelächelt. Er wollte wissen, wie es mir geht, ob der böse Geist aus meinem Körper verschwunden sei. Als ich erzählte, dass ich wieder gesund bin, hat er erneut gelächelt. Dann fragte der alte Zauberer nach dem Zauberhut, den er dir geliehen hatte. Er meinte, du würdest ihn jetzt nicht mehr brauchen. Ich habe versucht dich zu wecken und den Hut auf dem Boden entdeckt. Ich habe ihn genommen und dem alten Mann gegeben. Er hat sich bedankt, den Hut aufgesetzt, und ist er gegangen."

Panisch blickte Scheffler sich um, konnte jedoch den grauen Filzhut nirgends sehen. Er erinnerte sich daran, wie er ihn vom Kopf geschlagen hatte. Die Kirchners, er musste sich der Feder widersetzen, um die Frau mit den Kindern vor dem Tode zu bewahren. Dann waren seine Erinnerungen erloschen.

„Was ist das?", fragte Sonja und deutete auf den Schreibtisch.

„Ach, das sind Dinge von meiner Arbeit. Ich habe etwas ausprobiert, dabei bin ich dann wohl eingeschlafen", erklärte Scheffler seiner Tochter.

Auf dem Tisch ruhte die Feder in ihrem unschuldigen Weiß. An der Spitze klebte noch getrocknetes Blut. Vor ihm lag das Blatt Papier, die drei Worte waren verschwunden. Das Bild hatte sich verändert, sah nun aus, wie ein Röntgenbild. Es zeigte eine graue Masse, in deren Mitte ein dunkler Schatten lag.

Ramona hatte von all dem nichts mitbekommen, doch sie sah, wie ihr Mann sich veränderte. Sie bemerkte seine Vergesslichkeit und wie er große Mengen Schmerztabletten konsumierte. Scheffler konnte sich ihrer Argumente nicht widersetzen, ging zum Arzt, und ließ sich bis auf weiteres krankschreiben. Er stellte ihm eine Überweisung für einen Neurologen aus, die Scheffler kurzerhand entsorgte. Sein Problem konnte kein Facharzt lösen, dessen war er sich bewusst.

Der Dämon war in den nächsten Wochen Schefflers ständiger Begleiter. Seitdem der besorgte Familienvater den Kirchners in gewisser Weise das Leben gerettet hatte, wobei der Drogenbaron zu Tode gekommen war, ließ der Dämon nicht mehr von ihm ab. Mit gleichmäßig rhythmischen Schlägen verschaffte sich das bösartige Wesen Platz in Schefflers Kopf. Der Schmerz war anfangs erträglich, so als solle er möglichst lange leiden. Die permanenten Schläge zertrümmerten nicht nur sein Gedächtnis, sondern minderten auch Schefflers Hör- und Sehvermögen. Er hatte Schwierigkeiten, seine Zunge zu kontrollieren, und immer öfter überkamen ihn Schwindelanfälle. Ramona machte sich mittlerweile große Sorgen.

Die Wucht der Schläge nahm zu. Scheffler zog es zu der Feder. Seitdem er nicht mehr unter der Macht des Hutes stand, hatte er sich von ihr fern gehalten, doch die Schmerzen trieben ihn förmlich zu ihr. Er öffnete die Schublade und stellte die Schreibutensilien auf den Tisch. Er nahm die weiße Feder in die Hand, wartete auf ein Zeichen ihrer Magie. Die Feder fühlte sich kalt an, er spürte, dass sie noch nicht soweit war. Sollte er weiter leiden? Scheffler sah auf das Bild, das immer noch auf dem Schreibtisch lag. Der dunkle Schatten war deutlich angewachsen.

Der Ruf der Feder folgte eine Woche später. Ramona war bei Freunden. Scheffler sah mit Sonja fern. Plötzlich, ohne erkennbaren Grund, wurden die Hammerschläge unerträglich. Er drückte die Hände gegen seine Schläfen, da sein Schädel zu zerplatzen drohte. Als Blut aus Schefflers Nase lief, fing Sonja an zu weinen.

„Papa, was ist mit dir? Das Blut, ich hab Angst!"

Rolf Scheffler sah sie mit weit aufgerissenen Augen an. Er konnte sich nicht mehr an ihren Namen erinnern.

„Ich, ich, wasche mich und gehe ins Bett, ich lieb, liebe dich", stotterte er und ging.

Scheffler erreichte taumelnd sein Büro und schloss sich ein. Zuerst nahm er sich Blut ab und füllte es in das Fässchen. Er platzierte die Holzschale und das Tintenfass auf dem Tisch. Die Feder fühlte sich diesmal warm an, als Scheffler sie zwischen die Finger nahm. Er merkte, wie ihre Magie sein Blut forderte. Scheffler war sofort ihrem Bann verfallen. Es gab kein Entkommen. Er griff nach dem Bild, sah, wie der dunkle Schatten sich weiter ausgebreitet hatte. Die graue Masse war bis zur Unkenntlichkeit gewichen. Scheffler drehte das Blatt und legte es vor sich ab. Eine rote Träne rann seine Wange hinab. Augen voller Trauer folgten der Feder zum Tintenfass. Sie verlangte nach einem letzten Opfer, er musste sich opfern. Die teuflische Feder tauchte wie von selbst bis an den Kiel in Schefflers Blut. Die Gedanken waren leer, als sich die Feder auf das Papier niederließ und schrieb…

Der Dämon Tumor holt zum letzten Schlag aus!

Ein helles Licht in weiter Ferne. Im Schatten setzte der alte Mann den Hut ab.

Außergewöhnliche Ideen in übernatürliche Geschichten zu realisieren, bereitete dem aus Niedersachsen stammenden Autor schon immer große Freude. Seine fantasievollen Kurzgeschichten und Thriller sorgen für spannende Unterhaltung.

Von Norbert Böseler bisher erschienene Titel:
Der rote Lotse
Quick - Drei Monate Leben
Verdammte Welt - Böse Geschichten